Ana Silvani

Amor em Sagitário

.Ensaios. Prosa. Poesia.

WeBook Publishing – Edição em Português

.Metade animal. Metade humana.

.Minha alma fala Português Brasileiro.

Índice

PARTE 1..

Senta aqui, vamos ensaiar uma prosa...3

CRENÇAS E EXPECTATIVAS..4

SER HUMANO É PADECER NA CORDA BAMBA..............7

SOBRE ESCOLHAS..10

QUANTO TEMPO DURA UMA DÉCADA? 13

CINCO DE MAIO...15

HALF LOVE É SAUDADE...19

A INDUSTRIALIZAÇÃO DO DESEJO 21

HISTÓRIA É PARA TRÁS...23

NOSSA SEMENTE: 31

TRAÇOS HEREDITÁRIOS E EVOLUÇÃO 31

UTOPIAS: A BUSCA PELO PROJETO COLETIVO 33

ACORDEI EM 2040 38

PARTE 2...

Quando o amor entra nos signos...........................45

Amor em Áries...46

Amor em Áries...47

Amor em Touro..48

Amor em Touro..49

Amor em Gêmeos..50

Amor em Gêmeos..51

Amor em Câncer...52

Amor em Câncer...53

Amor em Leão..54

Amor em Leão..55

Amor em Virgem...56

Amor em Virgem...57

Amor em Libra...58

Amor em Libra..59

Amor em Escorpião...60

Amor em Escorpião...61

Amor em Sagitário..62

Amor em Sagitário..63

Amor em Capricórnio 64

Amor em Capricórnio 65

Amor em Aquário...66

Amor em Aquário...67

Amor em Peixes 68

Amor em Peixes 69

PARTE 3...

Quando o amor do mundo entra em Sagitário.....................71

SOBRE A AUTORA..188

Nota da Autora

Amor em Sagitário é uma coletânea que mistura poesia, prosa poética e ensaio reflexivo para explorar temas como amor, aventura, perda, imigração, liberdade e autodescoberta. Com a honestidade e intensidade típicas do signo de sagitário, navego entre otimismo e melancolia, questionando crenças e expondo vulnerabilidades enquanto reflito sobre relacionamentos, identidade, pertencimento e as máscaras sociais.

A obra oferece um retrato sincero e filosófico de uma alma em busca de sentido, que carrega a chama inquieta e contraditória dos sagitarianos na ponta da flecha, mesmo quando esta pede para ser âncora. Tudo aqui pode ser apenas exagero.

Os textos que você está prestes a ler não são autobiográficos. Claro, tudo que escrevemos pode ter cortes reais de uma realidade que também não sabe se é verdade ou apenas desejo. Os textos deste livro são ficções aguçadas por fatos reais e baseadas na intensidade que o amor em sagitário nos traz.

Deliciem-se!

Ana Silvani

Parte 1

.Senta aqui, vamos ensaiar uma prosa.

Crenças e Expectativas

Não acredito em horóscopo de jornal, em religiões, tampouco no amor. Também não serei lembrada como a garota boazinha que sempre sonhei em ser.

Eu sempre quis que o meu mundo fosse mais adequado ao lugar comum, ao normal das multidões que editam o senso-comum da sociedade e ditam as regras do jogo da vida. Eu queria loucamente fazer parte das coisas corretas, das cartilhas da vida que ensinam a gente a como se comportar para estudar, trabalhar, casar e ter filhos, depois netos, ah! e depois morrer. Só queria respirar e acompanhar as fases da lua sentada numa varanda, tomando um chá de camomila. Mas não, tive que nascer gostando do sol e das coisas que ficam no céu. Sim, também gosto das estrelas.

Acredito em astrologia. Acredito na fé. Acredito nas paixões humanas. Serei lembrada como o fogo ou como o calor? Talvez como o inferno?

Não sei. Também não gosto do inverno.

Acho que a utopia de sermos nós mesmos só existe na teoria. Na prática, estamos presos às metáforas da vida programada por satélite e não conseguimos mais enxergar os mitos. Este não é um livro sobre doutrinas. Deus me livre querer influenciar alguém a ser ou fazer alguma coisa. Carregar minha flecha já é pesado demais (Nossa, que exagero! Carregar a flecha sagitariana nas costas é uma dádiva, é a minha bússola), é um pouco de tudo e muita coisa do nada. Sim, porque é principalmente no vazio que encontro espaço para espichar as pernas, abrir bem os braços, me enrolar de novo como uma bola e tirar um cochilo gostoso.

Agora para por alguns minutos, pensa no mapa da América do Sul, foca na Bolívia e vai para a cidade de Potosí. Sabe o que temos em comum? Ambas foram exploradas e agora nossas veias estão abertas, expostas aos buracos que nos esvaziaram e corromperam. Nossos metais preciosos foram levados embora, desperdiçados e vendidos a preço de banana em terras estrangeiras. Porém, para os sagitarianos e as sagitarianas e os sagitarianxs, não existe preto no branco, somos explorados e também exploramos, somos vendidos e também vendemos, somos desperdiçados e também desperdiçamos. Somos rejeitados e também rejeitamos. Somos a piada, mas também rimos dos outros. Somos amados e também amamos. Muito. O tempo todo.

Já mirei a flecha para o lugar errado tantas vezes. Acho que já errei feio na vida. E você? Já implorei por amor, mas no outro dia nem lembrava porquê. Quem nunca fez isso? Já fui o paraíso de alguém. Já chorei com a dor dos outros, principalmente as dores dos meus inimigos, antagonistas das próprias histórias (há tristeza mais triste?).

Lembre-se também dos inimigos do fim, um grupo aleatório de sagitarianos que invadem as festas e nunca querem ir embora. Porque ir embora é voltar para si, para o nosso silêncio, e nem sempre nossos ruídos internos soam como música bonita.

Sou a mocinha que procura o príncipe, mas só gosto dos cavalos pretos, dos carros robustos e rápidos, das aventuras de bicicleta, dos pulos da cachoeira, do voo baixo do beija-flor, das músicas românticas, do rap revoltado, das noites em claro, da correnteza livre e caótica e infinita dos rios. Mas ainda tenho medo do mar, medo da dor, medo do amor, medo de recomeçar, medo de mim, medo de você ir embora, medo do meu mundo desabar, medo do fim.

Nunca apontei a flecha para o chão, como se ela fosse âncora. O que será que aconteceria? Mesmo assim, hoje, na maior parte do tempo, sinto-me ancorada nas minhas indecisões, que é claro, acabam escolhendo por mim e me fizeram parar por quase vinte anos no mesmo lugar. Preciso devolver à flecha o poder de voar.

Ser Humano é Padecer na Corda Bamba

Nunca saberemos com certeza se o caminho que escolhemos é o certo, mas cabe a nós fazer da caminhada a mais significativa possível. Como todos os caminhos são uma corda bamba, não importa se abrimos a porta da esquerda ou da direita. O que importa são as roupas e as máscaras que a equilibrista veste. Não lembro quando a palavra "máscaras" virou sinônimo de falsidade. Não venho aqui fazer apologia aos falsos, quero que possamos resgatar o nosso direito a usar várias faces. Sim, porque cada dia, cada situação, exige um rosto diferente: ora feliz, ora triste, ora chorando, ora gritando de prazer – algo assim entre um orgasmo e uma depressão.

O mundo atual se alimenta da propaganda da felicidade. Ser feliz virou obrigação. Mas, se você é triste, não se preocupe porque há dezenas de remédios para a felicidade nas prateleiras das farmácias. Ser feliz é lucrativo (para os outros). O consumismo deplorável da atualidade corrói a alma humana como o cloro que coloco no banheiro tentando evitar o mofo. Mas agora ela pouco sente porque vendeu sua sombra aos marqueteiros de plantão. Nossa alma nasceu para ser poesia, e acabou virando apenas mais um número.

Somos coisas que se compra e se vende. Somos vendidos e o poder de comprar nos engana a cada golpe, a cada noite mal dormida, quando percebemos que vendemos nosso tempo por papel.

Golpeados, vivemos na ilusão do poder. Todo mundo pode ser o que quiser, mas poucos querem colocar a mão na massa para aprender a ser quem se quer ser. Hoje, parece que virou moda não fazer nada. Alguns dizem que nossa noção de trabalho, de suor, está ultrapassada e agora o objetivo é fazer dinheiro sem sair de casa. Somos dominados pela ilusão do querer é poder, e esquecemos que podemos sim sair de casa, suar a camisa, rir bem alto, e comer até passar mal (deuzulivre as dietas de Instagram).

Sim, porque às vezes precisamos nos permitir sem a permissão dos outros. Eles estão em todos os lugares.

Ao mesmo tempo que o outro é o estranho, ele virou nosso conhecido, nosso amigo para todas as horas. A sociedade se regula através das opiniões alheias. Esquecemos que opiniões não são fatos, não são ciência, nem religião. Opiniões brotam dos achismos e acabamos sendo engolidos pelo piu de passarinhos sem ninho. Há muitos pássaros piando e poucas árvores para pousar. Há muito barulho dentro e fora de nossas cabeças.

Agora vem cá, como se faz para ter silêncio num mundo que é apenas barulho?

Vivemos numa sociedade plástica do mundo que pia a qualquer barulho ouvido, e o barulho não para, e os pássaros piam, e o mundo se irrita, e as pessoas se separam.

O abismo criado pelos terremotos das nossas dores parece artificial do lado de fora. Já não sentimos mais nada porque estamos amortecidos. Enquanto isso, seres humanos, que se acham inteligentes porque pensam, param de pensar em troca da promessa de conforto.

Convenhamos, não há nada mais confortável do que a morte. E assim, caros humanos, vivemos tentando morrer. Mas enquanto ela não vem, tentamos de tudo para nos convencer de que o sorriso da foto causa felicidade (alheia). Quem vê a foto fica ainda mais triste porque pensa "olha só, até ela alcançou a felicidade, ela era sempre tão só".

Tolice.

Fomos enfeitiçados. Se você estiver lendo essas linhas agora e eu já não estiver mais aqui para me explicar, saiba que eu também não sei o paradeiro da bruxa que querem colocar na fogueira, tampouco o nome do antídoto que vai nos salvar. Somos todos náufragos engolindo areia porque ela parecia ouro... de longe.

Sobre Escolhas

Tenho fugido das letras há uma semana. Chutei o balde, pedi demissão, coloquei a cabeça no lugar e decidi que era hora de cuidar de mim e deixar as palavras que entalam na minha garganta vomitar para fora tudo o que queriam dizer. Eu estava morrendo. Estava doendo demais espremer minha personalidade, minhas vontades, minhas gargalhadas altas e extravagantes dentro de um escritório das nove da manhã até às cinco da tarde. Estava doendo demais na minha alma e eu precisava deixar minhas asas renascerem. Sim, em algum momento, elas também foram cortadas como se corta a unha que cresceu demais para bater os dedos no teclado.

Então tá bom, eu saí daquela vida para focar nas minhas amadas letras, na minha vida de escritora que eu sempre quis ser, que eu sempre fui, que eu estava destinada a viver. Mas aí passou uma semana e não abri o computador, eu não li o livro, e não comecei meu diário. Interessante, não é? A gente quer tanto uma coisa, tanto, tanto, mas quando finalmente recebe demora alguns dias para se adaptar à nova realidade.

Ahhh! E como eu amo essa realidade que eu deixei nascer, que já existia dentro de mim, nos meus sonhos, nos meus poemas, no meu olhar. Senti uma dor de parto quando decidi virar a página. Nossa! Nunca pensei que virar páginas doía tanto! Agora chegou a hora de parir minhas ideias, meus devaneios, meus sonhos todos coloridos e cheios de graça.

Chegou a hora de ir para a praça. Abrir uma goela bem grande e me expor pro mundo. Começar tudo de novo, tudo que já existia aqui dentro de mim. Colocar tudo para fora e despertar algo especial no mundo. É para isso que vivemos, correto? Para fazer o mundo mais bonito, a terra mais sadia, e os seres humanos mais humanos.

Essa humanidade aqui da terra me fascina! A bipolaridade desses seres racionais ("pensantes"?) me deixa amortecida.

Mas, calma! Não preciso vir aqui para arrumar mais desculpas e deixar de escrever o que faz minha alma sorrir.

Ultimamente, meu ser quer escrever em inglês. Já queria antes, mas comecei a escrever em português para garantir que ninguém aqui em casa conseguiria ler. Daí eu travei (como diz a Juli) e decidi não escrever em inglês. *Oh well*, vou ter que *figure this out* porque, cedo ou tarde, alguém vai ler e isso não pode ser uma desculpa para eu me sabotar.

Chega de sabotagem! Chega de deixar pra amanhã! É agora o meu agora. *I am ready to be ready to be ready to be ready!* Estou pronta.

Escrever parece ser um ato de meditação. Você vive falando que vai fazer, que é fácil, que é legal, mas nunca senta a bunda no chão, ou na cadeira, ou no sofá e começa. *Let's do this thing!*

Engraçado como a gente se distrai. Ontem estava ouvindo a autora Jen Sincero falar que desconectava até a internet para se concentrar no seu *writing* e eu pensei "Nossa! Para que tanto drama! É tão fácil se concentrar e não ficar se distraindo por besteira".

E aqui estou eu. Escrevendo, lendo mensagens de textos, olhando meus *likes* no Insta e no Face. Socorro! A rapadura parece mole, mas é dura.

Confesso, hoje tirei o dia para encher linguiça mesmo, para dar o pontapé inicial nessa vida de escritora que escolhi. Plantei muitas sementes e agora é a hora da colheita. Boraaaaaaaaa.

Quanto Tempo Dura Uma Década?

Quando você foi embora, levou quase tudo junto, menos eu. Fiquei jogada ali num canto completamente amortecida. Cinco anos. Quase cinco anos já se passaram e a dor pela sua perda só aumenta. Como é possível? Deus? Você existe mesmo ou é apenas uma distopia humana?

Não acredito em mais nada, nem em mim, nem em você. Tudo é fugaz, passageiro demais para a gente se importar tanto. E o que é que a gente faz diariamente? A gente só se importa, e tudo continua igual de uma maneira diferente que até parece original.

Chega uma hora que não há mais volta, o caminho é só de ida. Sinto-me na esteira de um aeroporto e, se olho para trás, vejo apenas as placas *do not enter*. Não entre.

Muitas vezes, somos obrigados a esquecer o passado para poder viver em paz no presente, esperando por um futuro melhor. Mas e se o melhor já tiver passado? Alguém explica como se faz para caminhar pela estrada que só vai para frente? Tudo o que eu queria era voltar. Agora.

Hoje estou com febre. Não sei se é algo diagnosticável a olho nu, mas por dentro estou ardendo, meu rosto está quente, meu corpo só quer cama. Quem inventou o termômetro não fazia ideia de como medir a temperatura da dor.

Na verdade, acho que ninguém faz ideia nenhuma de nada. Tudo é uma aposta, um jogo de pôquer e máscaras. Há riscos em todas as jogadas, principalmente nas paredes desta casa alugada. Tenho quase 40 anos e não tenho nada no meu nome, apenas palavras com sonho de dinheiro e um corpo que perde as energias a cada vez que o ar se atreve a passar pelos dois pulmões, que ficam cada vez mais apertados pelas gordurinhas da pré-menopausa (pelamor!). Olha que ironia, até as minhas esponjas de filtrar ar têm um par.

Esse parece um texto triste, depressivo, de baixa energia. Mas não, esse é o tipo de texto com a função de salvar vidas. Quem sabe essas palavras ainda vão me resgatar de mim mesma. E não há nada mais valioso nesse mundo do que ser amparada por versos de amor, mesmo aqueles que vêm da dor.

Estou do lado avesso, mas talvez não exista nada mais confortante do que o reverso da dor. E assim eu trafego pelos meus dias, ora amando, ora chorando — ora de dor, ora de amor.

Cinco de Maio

O ano de 2020 nasceu com grandes promessas. Seria o ano da visão perfeita, o ano em que completo 40 anos de idade, e 15 anos de América do Norte. Até aí, tudo parece perfeito. E é aí que encontramos a falha: no mundo, não há perfeição. Tudo o que temos é caos recheado de calafrios, desejos e abismos. Abismada fico eu diante desse precipício de urgências todas deixadas para amanhã.

Ainda não sabemos as consequências do isolamento social em que vivemos. A pergunta de ouro é saber até que ponto vale a pena não morrer agora para morrer aos poucos. Quantas vidas vamos salvar e quantas se perderão para sempre no vazio? Está tão escuro que às vezes fica difícil distinguir entre o preto do luto e o da noite longa. Mesmo durante o dia, parece que está tudo embaçado lá fora ao olhar da janela.

Estamos em quarentena desde a metade de março. Hoje é dia 5 de maio e, aqui nos Estados Unidos, comemoramos uma festa mexicana chamada Cinco de Maio. Aqui também, todas as terças-feiras temos o ritual do *Taco Tuesday*, e a cerveja popular do México é a Corona. Então o mundo decide ser atacado por um vírus chamado Coronavírus. Adivinha que dia da semana caiu o 5 de maio esse ano? Sim. Caiu na terça-feira e ninguém pôde celebrar devidamente.

Sobre o Amor

Pessoas como eu deveriam vir com uma tarja preta alertando:

Ame-a, mas a deixe sozinha.

Com o passar dos anos, descobri que a realização do amor me deixou morna. O amor idealizado, quando tangível, não queima e não arde. A vida depois de casada não se tornou ruim, nem boa, nem pior, nem melhor, ficou assim, transformada em uma matéria sem gosto, que boia nas praias mais belas que você possa imaginar. É tudo lindo, mas parece de papel, parece que foi feito do plástico mais barato daquela loja de 99 centavos lá da esquina. Até a loja tem valor. Enquanto aqui, nesta casa bonita, com decoração agradável, nada tem sabor, tudo ficou assim meio, como posso dizer, artificial, principalmente eu.

Talvez essa sensação seja natural. Quem sabe ela explique a porcentagem de separações nos primeiros anos, e porque não dizer, nos primeiros meses de casamento. Parece que a vida sonhada nunca é a vida experimentada na ponta da língua.

Sabe a descrição daquele prato no cardápio daquele restaurante chique que você encontrou em Roma? Tão promissor, não é mesmo? Mas quando o garçom aparece com o prato na sua frente e você engole a primeira mordida, não era nada daquilo que você pensava. Mastiga, mastiga e tudo vira goma de mascar barata com gosto de coisa já chupada.

Tenho uma certa saudade das noites mal dormidas, daquelas bem sofridas, do travesseiro molhado (do suor do êxtase ou do sal das lágrimas), daquela sensação de abismo. Sabe? Aquele abismo hipnotizador de corações solitários que chama você para pular. Para onde? Também não sei.

"Vai pula, se joga porque nada mais faz sentido", ele diz.

Estou aqui agora, trancada em casa nessa quarentena mundial, catando dores, ouvindo canções de amor, fazendo qualquer coisa para me sentir viva. Tem sangue demais pulsando do meu coração sem ter para onde ir. Cadê o rio para ele desaguar?

Sou o tipo de pessoa que quero tudo o que não tenho. Almejo tudo o que não posso. Acredito em tudo que não é fé. Engulo tudo o que não se mastiga. Sabe o que não se mastiga, mas se engole assim mesmo? Pois eu sei. Sei tanto que desejo com todas as forças esquecer. Não tenha pensamentos sujos, minha dor é limpa. Engulo o choro que afoga sílabas na minha garganta, e elas se jogam como se estivessem fazendo um nado sincronizado.

Espero que você saiba do que estou falando. Espero que você consiga lembrar da última vez em que respirou tanto que quase faltou ar. Daquela vez em que morrer era a única alternativa para a vida.

Logo eu, que achava que já sabia o que era uma vida sem graça. Idiota! Se me enganei comigo mesma, não pedirei mais explicações, principalmente a você.

Fecha este livro.

Vai embora.

E tranca a porta quando sair. Ou esquece tudo o que falei, e faz uma festa.

Half Love é Saudade

Muitas pessoas me perguntam por que o título do meu primeiro livro é *Half Love* — ou Metade Amor — e se isso significa que eu não vivo ou amo por inteiro. E todas as vezes em que explico o sentimento por trás desse "porquê", os olhos delas divagam, como se tivessem alcançado o lugar de onde estou falando. É como se suas almas se conectassem à minha e, naquele instante, encontrassem um novo nome para nominar a própria saudade.

Aqui está o meu porquê: metade do meu coração está nos Estados Unidos, e a outra metade está no Brasil. Vivo nessa dualidade, tentando entender como posso me dividir em duas para caber inteira nesses dois mundos tão distintos.

Nunca sonhei em viver nos EUA. Simplesmente aconteceu. Destino, diriam alguns. No começo, ser livre para ser quem eu quisesse era deslumbrante, mas também assustador. Tenho certeza de que esse é um sentimento comum a muitos imigrantes, não importa de onde venham. Eu estava sozinha no meio de uma nova multidão que não me conhecia — nem a antiga, nem a nova versão — e precisei começar do zero. Ou melhor, do menos um.

Durante anos, tentei encontrar uma cura para o meu *Half Love*, para as minhas meta(des) de amor. Eu precisava libertar a menina que existia dentro de mim e abrir espaço para a mulher.

Viver fora colocou a pequena Ana numa gaiola, e eu precisava sair para me esticar e curar minhas feridas. Foi então que comecei a escrever uma carta de amor sobre minha jornada como imigrante. No total, foram 85 poemas e, traduzidos, se tornaram 170 textos bilíngues.

E você, como define a sua saudade?

A Industrialização do Desejo

"O que é o desejo, na verdade?"

Se começo a pergunta dessa maneira, a resposta me acerta em cheio como um soco no meio da testa e faz outra pergunta:

"O que você quer dizer com 'na verdade'?"

E há alguma verdade capaz de acomodar nela mesma toda a honestidade do mundo? Para que desejar algo que de início já mostra toda a sua complexidade como um balde de água gelada caindo por engano na cabeça errada?

"Sempre o balde da vizinha do quarto andar."

Então vamos lá, de cabelo molhado, de cabeça fria, com toda a honestidade do mundo: preciso falar sobre o desejo que customizei usando você.

Pensar em desejar algo tão abstrato quanto a sua voz é como desejar o paraíso que só existe na teoria de um deus que também já provou a própria ausência. No meio de uma das neblinas mais densas que já vi, vejo cacos de espelho quebrados pelo chão celebrando os meus 7 anos de azar, e escuto a sua voz como guia para lugar nenhum parado bem no meio de um cruzamento. Eu só queria chegar na Beira-Mar Norte.

Se eu for pelo caminho da esquerda, ficarei para sempre com saudade da potência da direita. Quando isso acontece, geralmente não escolho caminho nenhum. Invento uma maneira de voar e sumo para bem longe.

É como se, tendo a sua escolha nas mãos, eu ficasse sem opção para definir o tamanho do abrigo. E por que não arriscar outros desejos em nome do mais primitivo de todos? Por que não mergulhar de costas no precipício de um estranho?

Porque já vivi demais e queria pedir para descer desse trem bala.

Por não saber como sair de cima do muro que eu mesma construí, decidi industrializar todas as formas de amar que já aprendi na vida e empacotar você dentro de algumas delas. Assim, consigo colocar você na minha prateleira de comidas prediletas e experimentar todos os seus pedaços, bem devagar.

Cada poema, uma lata de sardinha. Cada verso, uma tentativa de embalar o nosso desejo com papel de presente e colocar ele num avião. Você sabe como é, produtos importados sempre valem mais.

E para terminar a noite que apenas começou, é claro que toca *Big Empty, Stone Temple Pilots* - avisando que *conversations kill* e é melhor eu fechar esse pacote e comer a sua lembrança de novo só amanhã de manhã na hora do café.

História é Para Trás

Pessoal, essa é a história de uma mulher que não consegue deixar o seu coração de garota amadurecer. E, na tentativa de produzir alguma forma de amadurecimento, ela deixa o futuro em pausa por um tempo e foca em falar para o passado. Mas esse lugar não é longe, ele começou a acontecer ontem, e o ontem aconteceu por causa das coisas que aconteceram anteontem, e as de anteontem aconteceram porque ela deixou uma porta entreaberta. E essa porta? Ah, ela se escancarou e tudo o que estava amassado numa caixinha de memórias veio à tona com força e paixão.

Fica aqui comigo. Juntas, podemos entender melhor o que acontece com essa mulher que precisa deixar a garota morrer.

Pois bem, chega a hora da despedida. Chega a meia idade. O renascimento. E ela só pode se parir se a sua menina interior partir. Às vezes, falar sobre vida é permitir que a morte apenas morra e leve consigo todo o lixo acumulado durante anos de tentativas, erros e muito aprendizado.

Eu sei que talvez você não concorde e está aí agora revirando os olhos. Mas eu preciso que ela esqueça o passado porque ele está lá e ela não pode mais revisitar essa história.

Vou contar um segredo para você: toda vez que ela volta para casa, uma pessoa volta a aparecer. Trezentos mil habitantes, e você jura que a pessoa aparece assim, do nada, nos mesmos lugares que o seu grupo?

As amigas próximas comentam sobre a energia eletrizante que afeta a todos quando os dois estão perto. Mas eles não podem se tocar. Parece que ele tem alguém e ela também. Seria melhor se essa história fosse a de João que amava Maria, que amava Pedro, que amava Tereza. Mas não, ele ainda a ama, e ela ainda ama ele.

Espera. Quanta besteira! Vamos começar de novo.

Na verdade, ele ainda a engana, e ela aprendeu a enganá-lo (pelo menos tenta). Eles colecionam disfarces.

Agora sim, podemos sentar, tomar um chimarrão e falar sobre a vida dos outros. Vamos lá.

Eu soube que ontem, ele mandou mensagem cedo dizendo. "Bom dia, vai um café?"

Parece feitiço, porque ela já estava de banho tomado, perfume no pescoço, nos pulsos, nos peitos e nas coxas. Como uma vaca adornada estava pronta para o abate, aguardava a hora certa para levar o bote.

Uma amiga chega atrasada, como sempre, e escuta um pedaço da minha opinião sobre o caso, enquanto abre espaço na roda entre nossas pernas e pés enfeitados com tênis, sandálias e chinelos.

Mas lembre, eles não podem se tocar. Apesar de se atraírem, não querem trair ninguém. A relação precisa ser platônica e essa história já havia sido encerrada anos atrás.

Para mim, essa situação não faz o menor sentido. E para você? A amiga atrasada puxa a cadeira vazia do canto esquerdo da garagem, limpa a poeira, senta e pergunta: "Será que eles finalmente se encontraram para o café e agora vão ficar juntos?"

Não sei.

Culpa do 19

O que você vai ler agora são relatos de uma vida sem terapia. Isso mesmo, uma vida cheia de obstáculos, cheias de pedras no caminho (*tinha uma pedra no meu caminho,* já dizia o poeta) que insisto em tentar entender sozinha. E para não morrer de dor de tanto amor, desamor e piadas sem graça que eu mesma conto para você rir da minha cara (sempre a felicidade do outro), resolvi escrever essa história. Quem sabe eu encontre alguém para chorar comigo, ou alguém que vai se inspirar na minha luta sem pódio de chegada (*ou beijo de namorada,* já dizia Cazuza). Talvez o meu único troféu seja um Oscar (porque *ainda estou aqui*). Então, simbora escrever que é para você poder ler, tudo, tudinho.

Obrigada pela atenção!

Quando penso na vida que vivo e nas escolhas que não escolhi, tenho que rever meus conceitos e acreditar em destino. Estava eu destinada a viver numa terra estrangeira, longe de tudo e de todos que aprecio e amo? Estava eu destinada a perder amigos e dois grandes amores no caminho?

Concluir que tudo que sou hoje é derivado das escolhas que fiz (esquece esse papo de destino) pode doer mais do que a realidade bruta de um tapa na cara.

Serão todos os bons corações apenas pedaços despedaçados de esperança? Somos ilusões desiludidas iludindo os outros com as nossas boas intenções de meia tigela. Metades de inteiros, inteiros pela metade. Faz algum sentido ter o sexto sentido? E as sete maravilhas do mundo? Eu já contei mais de dez. Desculpem, mas perdemos a sensatez. Jogamos fora a sanidade e nos tornamos atormentados, loucos desvairados.

Ele era quase tudo pra mim, era a razão, a inspiração e a piração de todos os meus poemas. Ele fazia a minha vida vibrar diferente, mesmo ausente. Mas um dia, ele morreu. E com ele foi-se parte de mim e eu fiquei amortecida. Fechei todas as janelas e tranquei todas as portas. Cavei um buraco bem fundo e, lá dentro, parte de mim eu enterrei. Mas em dias como hoje, em meses como março, sua morte faz aniversário e eu fico pensativa. E eu vou lá embaixo ver como está o buraco que tapei (com a peneira).

Dezenove, dezenove, sempre quase vinte, mas ainda dezenove. Perder a virgindade com um grande amor: 19 de novembro. Conhecer um novo amor: 19 de novembro. Perder um velho grande amor: 19 de março. Ser pedida em noivado: 19 de março. Senha do e-mail: 19 de março. Anos vividos na América do Norte? 19.

Um buraco se abre toda vez que tento parar para sentir a dor que essa perda me deixou, mas não choro.

Buracos amortecidos não conseguem doer.

Pode tentar, aperta aqui. Belisca, arranha, bate. Vai, tenta fazer doer. Ajuda-me a fazer doer, por favor! Eu quero sentir novamente. Tenho novos amores para amar.

Eu preciso deixar esse buraco ser apenas terra outra vez, deixá-lo voar com o vento — livre, leve e solto — como areia que colocamos na palma da mão para assoprar e deixar virar poeira... fuuuuu (tentando descrever o som do sopro).

Como se faz pra (sobre)viver depois que se perde um grande amor? E quando se perde dois? Eu não sei a receita, mas uma dica é: casar (manda esse texto para a psicóloga, por favor! haha). Casar com outro alguém e continuar cavando buracos — pequenos, médios e grandes. Enchendo o meu mundo de buracos de areia tal como rodovia descuidada, mal pavimentada, sucateada, corrupção. Prostituição gratuita do amor pode custar caro.

Enganar a si mesma é como viver num parque de diversões fantasma. Talvez foi por isso que fiquei em Los Angeles: um grande parque de ilusões frequentado por malucos-beleza.

É fácil escolher um caminho para onde ir quando não se tem mais para onde voltar.

O Cientista

Hoje, durante uma carona de Uber, um cientista chinês me disse que o futuro da humanidade não será tão bom quanto o presente que vivemos agora. Respirei fundo porque percebi que vinha bomba emocional, ou uma oportunidade para pensar o mundo de outra forma, de uma maneira menos Poliana, talvez.

Segundo ele, as desigualdades só tendem a aumentar porque os ricos terão condições de pagar pelos avanços da ciência e serão ainda mais privilegiados. Ou seja, o projeto de igualdade social vai falhar, mais uma vez, segundo o cientista.

Fiquei surpresa com tal afirmação vindo de uma pessoa que vem de um país como a China. Ele disse que ama a ideia de um mundo mais justo, mas que o comunismo é contra a natureza humana. "Veja bem", disse ele, "todas as tentativas comunistas no mundo falharam justamente por isso, por esse detalhe quase invisível, algo que passa despercebido pelas lutas de classe: a ganância humana".

Respiramos fundo.

"O homem está sempre buscando por algo diferente, sempre quer mais, tem desejos, tem sonhos, tem metas de sucesso, tem inveja. O precipício entre as classes tende a aumentar porque serviços como educação e saúde, que hoje são tratados como necessidades básicas de toda a população, serão tão caros que só tendo muito dinheiro poderemos tirar vantagens deles", finalizou.

Os governos vão adorar isso, certo? Toda a luta social para melhorar a vida, socialmente, vai cair por terra, novamente, daqui a algumas gerações. O futuro não será utópico, mas sim, despótico (para muitos).

O cientista chinês ainda brincou comigo e disse que há a possibilidade futura de as crianças receberem todo o conhecimento do mundo através de algo tipo uma vacina ou um chip. E adivinha quem vai ter dinheiro para pagar por esse conhecimento? Os ricos.

Fatos assim colocarão um fim em instituições tal como escolas e universidades. Educação não será mais um dever do governo, já que ela estará à venda em *dose única*.

Nossa Semente:
Traços Hereditários e Evolução

É provável que nos consideramos os *vencedores* na corrida da vida e na nossa posição dentro do reino animal, desde a concepção até a nossa sobrevivência no momento presente. Porém, é importante considerar que compartilhamos mais de 99% do nosso DNA com outros seres humanos, e que possuímos, basicamente, o mesmo sistema nervoso dos chimpanzés, com os quais compartilhamos, pasmem, 98,9% do material genético. Enfim, podemos estar aqui tanto por carregarmos traços ligados à aptidão quanto por pura sorte. Desde Lamarck a Darwin e Wallace, a teoria da evolução foi reformulada, mas suas bases, no que diz respeito à herança e à genética, permaneceram as mesmas. Em seu livro *The Essentials of Biological Anthropology*, Larsen afirma que "as perguntas feitas por Darwin e seus colegas, especialmente sobre como atributos físicos são passados de pais para filhos, lançaram as bases para o estudo da herança — a ciência da genética — e, eventualmente, para a revolução do DNA" (LARSEN, p. 41).

Além disso, as quatro causas da evolução — mutação, fluxo gênico (ou genético), deriva genética e seleção natural — são responsáveis pela forma como os traços hereditários são transmitidos entre gerações. Por exemplo, a seleção natural contribuiu para a evolução por se basear em nossa adaptação ao ambiente, permitindo que pudéssemos sobreviver e nos reproduzimos. Segundo Larsen, Darwin "concluiu que a adaptação era o cerne da evolução" (LARSEN, p. 22). Devido a essas características biológicas, nossa adaptação aumenta nossas chances de sobrevivência a cada geração e, ao mesmo tempo, eleva a frequência desses traços na população como um todo.

Em cada uma de nossas células, carregamos memórias e mutações da história dos nossos antepassados, como se elas fossem uma dança de ecos genéticos, de erros e acertos que transformaram o acaso e deixaram pegadas para as gerações futuras.

Fonte:

LARSEN, Clark Spencer. *The Essentials of Biological Anthropology*. New York: W.W. Norton & Company, 2019, 4th ed

Utopias: A Busca Pelo Projeto Coletivo

Precisamos de uma revolução social baseada em uma mudança que venha da nossa união, e não da separação em grupos ou do isolamento. A ideia de que um indivíduo melhorado pode beneficiar sua comunidade e, consequentemente, o mundo, é algo com o qual tanto Marianne Williamson quanto bell hooks concordariam. No entanto, o que leva uma pessoa a escolher essa transformação individual e como ela percorre esse caminho é onde as duas divergem. Enquanto Williamson acredita em um desejo de mudança mais centrado no eu, hooks defende que é essencial termos uma transformação coletiva da sociedade, baseada na ética do amor, para curar nosso luto coletivo e recuperar nossa liberdade. Este ensaio começa mostrando como ambas as autoras discordam e, em seguida, explora as ideias de hooks sobre uma revolução social baseada no amor e na comunidade.

Williamson acredita que o indivíduo precisa focar em algum tipo de elevação interior para melhorar o mundo. Segundo ela, se nos tornarmos pessoas melhores primeiro, o mundo também melhorará como consequência. Ela afirma que a revolução que salvará o mundo é, em última análise, pessoal. Por outro lado, bell hooks acredita que essa mudança virá quando adotarmos o amor como uma virtude revolucionária coletiva capaz de mover nações em direção ao bem comum. Se hooks pudesse conversar com Williamson sobre essa transformação pessoal, diria que o trabalho precisa começar na comunidade, em um esforço coletivo para mudar o sistema por meio da aplicação da ética do amor. De acordo com hooks, "ao escolher o amor, também escolhemos viver em comunidade, e isso significa que não precisamos mudar sozinhos" (HOOKS, 2006, p. 248). Se mudamos juntos, não precisamos mudar sozinhos.

Em seu ensaio *O Amor como Prática da Liberdade*, bell hooks faz várias afirmações contundentes sobre o amor como virtude revolucionária coletiva, com destaque para a dinâmica entre amor e poder. Nele, ela explica que Martin Luther King Jr. nos ensinou que uma revolução só pode ser construída com amor, não com violência. Ter uma ética do amor nos faz ver que "somos sempre mais do que nossa raça, classe ou sexo" (HOOKS, 2006, p. 244). Diferentemente, Malcolm X acreditava em uma revolução baseada exclusivamente no amor-próprio negro como forma de elevar a comunidade negra. Essa mudança fez com que o movimento deles passasse de reforma para revolução. Mesmo assim, perderam a ética do amor no caminho quando a masculinidade patriarcal se instaurou na comunidade negra, e "o progresso foi feito, mesmo com algo valioso sendo perdido" (HOOKS, 2006, p. 245). Ainda assim, precisamos retornar ao amor compartilhado como o melhor caminho para moldar nossas visões políticas e radicais.

De fato, fracassamos como sociedade no momento em que criamos uma cultura focada no indivíduo. E aqui está mais uma das afirmações de hooks que contraria as crenças de Williamson. A maioria de nós tem pontos cegos criados para evitar conflitos ou, segundo hooks, "são nossa falha coletiva em reconhecer as necessidades do nosso espírito" (HOOKS, 2006, p. 243). Cuidar dos outros nos ajudaria a corrigir esses pontos cegos. Uma sociedade egocêntrica dificilmente sai do seu próprio caminho para ajudar os outros. Ela conclui que "muitos de nós só se sentem motivados a agir contra a dominação quando nossos interesses pessoais estão diretamente ameaçados."

No livro de Clark S. Larsen sobre Antropologia Biológica, ele fala sobre os seres humanos como aprendizes sociais que precisam de outros humanos para sobreviver. Ele diz que "a aprendizagem social permite que os humanos acumulem uma quantidade incrível de informações ao longo de longos períodos" (LARSEN, 2019, p. 14). Somos biologicamente feitos para prosperar juntos, e não sozinhos.

Hooks também fala sobre Martin Luther King Jr., um líder que escolheu o amor como prática de liberdade e como revolução para todos, independentemente de raça, sexo ou classe. Em seu livro *Stride Toward Freedom*, uma das primeiras coisas que ele menciona é a importância de adaptar sua mensagem para pessoas de todos os níveis sociais. Quando começou seu trabalho integral como pastor em sua nova igreja, no outono de 1954, King estava convencido de que, se a igreja atendesse apenas a uma classe, perderia sua força espiritual e poderia acabar se tornando apenas mais um clube social (KING, 1958, p. 11). Da mesma forma, precisamos focar na dor que compartilhamos como povo, pois "uma nova nação está lutando para nascer, uma democracia multirracial, multiétnica, multirreligiosa e igualitária, na qual toda vida e toda voz importam" (ALEXANDER, 2019, p. 13). Precisamos de todos embarcando nesse barco da mudança.

Nossa cura em grupo é urgente. Precisamos uns dos outros para libertar o mundo todo da opressão e da exploração. Sozinhos, só conseguimos ir até certo ponto, mesmo que o mundo eventualmente nos acompanhe, como afirma Marianne Williamson. Forças políticas organizadas poderiam fazer o amor emergir das massas, mas, segundo Hooks, "nos recusamos a tratar o amor como parte das lutas de libertação."

"Se os negros quiserem avançar em sua luta por libertação, precisamos confrontar o legado desse luto não resolvido, pois tem sido o terreno fértil para um profundo desespero niilista. Precisamos coletivamente retornar a uma visão política radical de mudança social enraizada em uma ética do amor e buscar, mais uma vez, converter as massas, negras e não-negras" (HOOKS, 2006, p. 246)

Partindo do pressuposto de que cada ser é visto como parte de um todo, como peças, todas são necessárias para que possamos construir pontes entre nossos abismos sociais e culturais. Somos um só — uma moeda em constante disputa para ver qual lado é mais forte, sem perceber que esses lados fazem parte de quem somos: o bem, o mal, o sonhador, o realista, a esperança e o desespero.

Hooks diz que uma ética do amor pode moldar a direção da nossa visão política e nossas aspirações radicais, afirmando que "escolher o amor é ir contra os valores predominantes da cultura" (HOOKS, 2006, p. 246). Muitas pessoas têm dificuldade em amar porque não sabem o que é isso nem como se expressar. Mas, novamente, amor não é desejo, amor é uma escolha, é uma prática. Claro, o amor precisa ser uma escolha honesta alcançada por todos, seja vindo de uma transformação individual ou coletiva. Mas é quando nos unimos como um só que o mundo muda — por nós, por causa de nós. Espero que possamos começar a escolher o amor ao invés da raiva, principalmente em lugares onde o desacordo molda a discussão. Uma ética do amor pode fazer sua mágica quando demonstrarmos que estamos abertos a ouvir primeiro.

Assim como King, eu também decidi amar com foco na cura coletiva do mundo.

É fácil? Não.

É uma utopia? Sim.

Fonte:

ALEXANDER, Michele. "We Are Not the Resistance." The Best American Essays, 2019.

HOOKS, Bell. Outlaw Culture. "Resisting Representation." New York & London: Routledge, 2006.

KING, Martin Luther, Jr. "Stride Toward Freedom." New York: Harper & Brothers, 1958.

LARSEN, Clark Spencer. "The Essentials of Biological Anthropology." 4th ed., 2019.

WILLIAMSON, Marianne. "A Return to Love". New York, NY: HarperCollins, 1996.

Acordei em 2040

Vinte anos atrás, lá em 2020, o mundo estava à beira de um colapso climático e intelectual, mas alguns grupos ainda afirmavam que a Terra era plana. Como discutir? Quase tivemos uma guerra civil, mas de lá para cá pouca coisa mudou, o que prova que o ódio só gera mais ódio, e a intolerância de um lado gera a intolerância do outro. Acredito que o caos jamais substituirá a ordem, porém talvez ela só chegue depois dele.

Nas últimas décadas, as pessoas destruíram umas às outras na base, no alicerce do que as sustentava como estrutura social. O lugar de fala deu lugar a uma forma estranha de silêncio. Enquanto isso, o 1% lá no topo do Monte Chimborazo, no Equador, não se dava ao trabalho de ouvir os que gritavam lá embaixo. Eles achavam que toda aquela comoção não era da conta deles, "Cada grupo tem que lidar com seus próprios problemas", diziam.

E assim, isoladas, as minorias deram origem a um novo tipo de ódio dentro de si mesmas. Abandonaram o discurso do amor e ficaram impotentes, sem semente. Os gritos eram tão altos, vindos de todos os lados, o tempo todo, que ninguém conseguia ouvir o pedido de socorro do outro. O silêncio morreu.

Quando tudo o que ouvimos são gritos, ninguém escuta nada. Para o 1% do topo, o que estava acontecendo era loucura pura. Pois bem, deixa eu contar para você o que aconteceu há 20 anos:

As feministas disseram que os homens não podiam falar sobre mulheres porque aquele não era o lugar deles; então os homens bons se calaram. Mais machistas surgiram e voltaram a bater em suas mulheres durante a quarentena do Coronavírus vinte anos atrás.

Os gays e as lésbicas disseram que pessoas hétero não podiam falar sobre relacionamentos homoafetivos porque não era o lugar deles; então os héteros pararam de levantar a bandeira do arco-íris. Igrejas conservadoras ganharam mais seguidores buscando a "cura gay".

Os imigrantes disseram que os cidadãos dos países em que viviam não podiam falar sobre refugiados, tampouco sobre saudade, porque não era o lugar deles; então os cidadãos de bem se calaram. Um dos presidentes da época teve apoio suficiente para construir muros de concreto, o que gerou paredes metafóricas, e separar países.

As pessoas negras disseram que as brancas não podiam falar sobre racismo porque não era o lugar delas; então os aliados se calaram. Supremacistas brancos ganharam novos membros.

As pessoas acima do peso disseram que os magros não podiam falar sobre seus corpos porque aquilo era gordofobia; então os magros se calaram. A obesidade crônica aumentou e matou mais do que nunca.

Os ratos de academia disseram que os gordos não podiam criticar seus corpos esculturais expostos na vitrine do Insta porque aquilo era inveja, então as pessoas acima do peso continuaram tomando vinho e comendo fora com os amigos. Os supersarados sentiram-se cada vez mais sós mostrando seus corpos para os espelhos e colhendo curtidas artificiais na internet, já que não saiam mais com pessoas reais.

As mulheres conservadoras disseram que o lugar da mulher era dentro de casa, cuidando do lar, dos filhos e do marido; então as feministas pararam de tentar mostrar alternativas para elas. Todas as mulheres perderam suas liberdades e direitos de escolhas em 2026.

Os homens disseram que precisavam voltar a ser mais masculinos; então todo mundo se calou e esperou para ver o que aconteceria. Continuamos esperando.

Os empresários, até mesmo as CEOs, disseram que pessoas comuns não podiam falar sobre vandalismo porque não era o lugar delas; então os trabalhadores se calaram. Quando os saqueadores vieram destruir suas propriedades, ninguém estava lá para ajudar os donos a reconstruí-las.

E assim, eles mataram as vozes e quebraram os corações uns dos outros.

Homens e mulheres se dividiram por cor, origem e crenças; imigrantes se separaram por nacionalidade e pararam de falar uma linguagem comum; as raças começaram a odiar umas às outras e as cidades viraram pequenos países com códigos separando todo mundo pela cor; comerciantes compraram armas e isso fez com que mulheres, homens, negros e brancos deixassem de frequentar o comércio local.

Comunidades se isolaram em grupos ainda menores, compartilhando informações apenas entre si. Pouco a pouco, todos foram silenciados pela dor do outro e pelo medo de falar (entre si): o barulho virou anestesia. O 1% assistia de longe e achava que aquele comportamento significava que a paz tinha

sido alcançada e que tudo estava bem, "A lei e a ordem final-
mente prevaleceram", diziam.

De volta ao presente, tudo que posso dizer é que esses
fatos não podem ser resumidos, eles precisam ser vividos, as-
sim como o amor e a dor, a música e o silêncio, o desejo e a
indiferença, a poesia e o romance. Se só se pode realmente co-
nhecer alguém de dentro para fora, por que continuamos jul-
gando as pessoas por sua aparência externa? Nós fazemos isso
com todo o ser que chamamos de "diferente" de nosso pró-
prio reflexo. Mas não somos todos apenas um monte de espe-
lhos quebrados tentando captar uma verdade? E ela está mais
bem escondida do que deus.

Passamos os últimos 2.040 anos tentando entender o
nosso próprio sofrimento e tudo o que fizemos foi causar mais
feridas. Já passou da hora de mudarmos velhos hábitos e esco-
lhermos uma nova saída, não acha? Chegamos a um ponto em
que não temos mais nada a perder, exceto nossas vidas nuas.

Respiro fundo. Sento-me aqui neste banco de con-
creto, porque nem madeira existe mais, lembrando dos dias em
que éramos livres e dávamos tudo por garantido. Hoje sei que
não sou uma vítima, ninguém é. Podemos ser o alvo de alguém
de vez em quando, claro. Podemos bancar os coitadinhos jo-
gando-nos no chão e pedindo perdão, mas nunca, jamais, so-
mos vítimas. Sempre há uma escolha a ser feita; um novo ca-
minho a ser seguido. Somos livres para responder aos estímu-
los do mundo.

Espera. Outro helicóptero acabou de passar por aqui.
Em seguida, uma viatura fará sua ronda diária para proteger
nossas casas dos outros (lembrando que aqui também somos

os outros dos outros). Eu queria que os humanos se parecessem mais com diamantes e menos com vidro barato. Parecemos bonitos e brilhantes por fora, mas quebramos tão facilmente ao menor toque. Isso não está certo. Isso não vai nos levar a lugar algum. Talvez sejamos todos espelhos quebrados passando por 7 anos de azar? Mas já se passaram 20.

Buscar prazer e poder egocêntricos nos trouxe para essa existência sem sentido. No último ano, tenho tentado entender tudo isso e comecei a escrever um livro (será que as pessoas ainda saberão ler as entrelinhas?).

Vivemos em um mundo onde podemos ser qualquer coisa e ainda assim escolhemos ser iguais. Talvez a bondade não seja tudo o que pensei que fosse. Sinto que não estaria trancada nesta cela de vidro se tivesse sido mais dura com aqueles que oprimiam meu país. Nem sei se ainda tenho um país e uma bandeira. Agora entendo como bancar a vítima por tanto tempo nos trouxe até aqui – acabamos mirando em nossos aliados. Se ao menos soubéssemos que nossas balas iam direto para os nossos próprios pés!

Eu queria sair de 2040. Queria contar para você como me sinto sentada neste banco, trancada nesta gaiola, olhando esse mundo novo através deste vidro grosso. É curioso como precisamos dos anos do futuro para olhar de volta para o passado – eles nos permitem enxergar com mais clareza.

Sabe, as pessoas construíram um monte dessas casas de vidro só para poderem ser vistas com mais facilidade. As casas ficaram menores, as pessoas dentro delas, menos numerosas, e o silêncio se tornou doloroso. Ficamos tão entorpecidos com a ilusão do acesso ilimitado a tudo, o tempo todo, que esquecemos de sentir nossos pulsos, de abraçar e segurar firme. Tornamo-nos socialmente distantes e com medo uns dos outros.

Desde o início, escolhi ficar sozinha. Ninguém estava me ouvindo mesmo. Já tinha tentado incontáveis vezes trazer consciência a essas questões, mas todos continuavam apontando o dedo e culpando o outro pela dor em seus corações. Eu quis lembrar a todos que ser humano é sentir dor e desconforto na maior parte do tempo, mas me chamaram de louca, "pessimista demais".

Qual era mesmo o sentido de viver em espaços coletivos? A Nova América convenceu o mundo de que todos merecíamos felicidade infinita: "é um direito humano", diziam. Mas esqueceram de criar estratégias para garantir que cada pessoa tivesse um pedaço daquele bolo com uma cereja linda no topo. Humm, aquela cereja parecia deliciosa!

Agora estamos aqui, sem bolo, sem cereja, sem privacidade. Que inferno são esses banheiros de vidro! Como alguém faz cocô em paz? Parece que estamos dentro do *Big Brother*. Que piada. Caímos tão fácil no funil da ilusão do sonho Americano. Acho que merecemos isso, não acha?

Apertaram o botão soneca da humanidade e esqueceram de configurar um novo alarme. São sempre 5 da manhã. Mas que se dane esse povo do *Clube das 5am*! Essa bagunça pode muito bem ser culpa deles, e do povo que corre maratonas. Eles querem fugir do quê? Ahhh!

"O que você pensa sobre tudo isso, Gabriel?", pergunto. "Quem? Eu?", ele responde, assustado.

"Sim, você está me encarando há mais ou menos 30 minutos. Sei que você sabe distinguir besteira filosófica de pensamento crítico."

"Eu não estava prestando atenção", responde.

Reviro os olhos, e olho para o outro lado.

"E você, o que achou da minha história? Já posso escrever o livro?"

"Pode", afirma deus.

Parte 2

.Quando o amor entra nos signos.

Amor em Áries

Misto de promessas e perigos
rondam o meu umbigo desprotegido.
Misturo dor com amor
e bebo uma espumante para
sentir cosquinhas na garganta.
Meu amor, a você, prometo aventuras.
O resto nem eu sei o que é.
Larga tudo e vem comigo.

Amor em Áries

Compro amores a preço de banana
Abro cicatrizes por onde passo
Acendo cigarros que nunca fumo
Esqueço de fechar portas
Deixo marcas no asfalto enquanto
algo se extrai de mim
como espinha encravada no lugar errado
Caem as cascas já secas
Caem as máscaras já malhadas
Deixo marcas no papel enquanto algo
entra em mim como flecha de cupido vesgo
Os *meus* atalhos sempre demoram menos.
Por quê?
Por quê?
Isso tudo é um circo
Palhaços.
Mágicos.
Domadores.

Amor em Touro

Minha irmã falou que
a nutricionista dela disse que
leu numa pesquisa que
poderíamos comer doce de leite
como um lanchinho antes da academia.
Pois era segunda-feira,
deu dez horas da manhã,
torrei duas fatias de pão branco,
coloquei uma camada grossa
de doce de leite,
requentei o café das sete da manhã
(horário em que comi um ovo cozido).
Proteína faz bem.
Devorei o último pedaço,
tomei mais um gole de café.
Estou cheia demais pra fazer ioga agora.
Virar de cabeça pra baixo.
Pernas para o alto.
E agora?
Bem, pelo menos fiz o que a nutricionista sugeriu.
O resto era comigo.
Acho que se eu fosse eu,
não confiava em mim.

Amor em Touro

Reflito sobre os seus reflexos nas esquinas.
Olhos espelhados pela água da chuva
da semana passada.
Mas não há guarda-chuva que proteja meus gritos
contra os seus travesseiros empilhados
sobre camas de aluguel.
Atravesso ruas sem saída
só para ver se é mesmo verdade.
Eu sabia que mentiras do lado avesso
vestiriam você melhor.
Eu sabia que os jantares não eram sobre comida.
A merda é que a sua voz é linda, sabia?
Continuo me despindo das suas promessas —
aquelas que me prometi sozinha —
aos poucos, uma palavra de cada vez,
em semi-despedidas homeopáticas,
como ponto e vírgula.
Inúteis.
Queria que você não tivesse sido assim
tão descartável e barato, meu caro.

Amor em Gêmeos

Quase todas as vezes que tropecei,
havia uma pedra solta passeando
pela minha garganta,
havia um punhado de frases
mal engolidas esperando digestão.
Quase todas as vezes que falei de você,
eu gritava sobre mim.
Havia explosões de fogos artificiais
tentando despertar chamas pré-aquecidas.
Quase todas as vezes que desisti,
a vida veio forte como um aperto de mão
pronto para me tirar do buraco.
Quase todas as vezes que amei,
achei que era para sempre.
Mas, cuidado, nunca amo nada até o fim.

Amor em Gêmeos

Os olhos com os quais eu vejo o mundo
sempre mudam a direção.
Centro, esquerda, direita, pra cima e pra baixo,
pra lá e pra cá.
Ver o mundo com várias lentes nos aproxima
pelo contato.
Toco o mundo com as mãos limpas,
mas o que eu queria tocar mesmo era piano –
um sonho de alma.
Eu canto versos que não sei se escrevi.
Eu danço melodias que nunca coreografei.
Eu queria deixar uma marca aqui também.
Eu queria escrever mais, o tempo todo, o dia inteiro.
Eu queria deixar o mundo mais feliz,
inspirado e bonito.
O mundo transborda em mim como ondas do mar.
Sou náufraga de mim mesma,
engolindo cada gota de água, um dia de cada vez.
Sem exageros? Exagero o seu, meu amor,
achar que não sou mais larga do que o comprimento
das calçadas da Benjamin Constant,
mais profunda do que o buraco no Calçadão do centro.
Limitada entre as minhas quatro paredes,
coloco um tijolo de cada vez.

Amor em Câncer

Quando uma pele trágica
se descasca
e se desloca,
tudo o que havia embaixo dela
vira órbita do nada.
Quando buracos negros
se desbotam
e se descobrem,
viram de lado,
entram no avesso,
arremessam o céu para o inferno.

Acredito nas pessoas.
Faz tempo que parei de acreditar
no amor.
Perdi tempo demais me punindo
em julgamentos que nunca tiveram data marcada.
Sou um reflexo
à procura de distorções perfeitas
e dos espelhos quebrados que levo no peito.
Estou cheia de cortes invisíveis na alma.
E isso dói.

Amor em Câncer

Garota, não se aproxime do garoto *blue*
que sangra blues com
as cordas do seu violão.
Garota, você é tão maior do que o amor.
Não se apaixone de graça.
O seu preço, ninguém pode pagar.
Garota, venda todos os seus pertences,
faça as malas e vá embora.
Chegou a hora.
Você precisa ir agora.
Fique nesse lugar novo o quanto precisar.
Vai ficar tudo bem.
Você ficará segura, garota!

Amor em Leão

Nua,
minha ingenuidade transita
pela corda bamba da sua boca
na ponta dos pés
na ponta da língua
na esperança de que ela
abra e me jogue no fundo
do seu poço.
Depois desejo que ela feche
e me guarde.
Para sempre.

Ah, imagina só,
eu refém dos seus lábios maduros,
vermelhos como as maçãs
do Drummond e do Bandeira,
fortes como a potência de Aristóteles.
Se tiver que sair,
só me revelo no seu umbigo.
Eu sou aquela tão esperada luz no fim do túnel.

Amor em Leão

Olho para todos os lados.
Nada.
Vejo uma pétala murcha esquecida no chão.
Ela percorre minha pele se equilibrando
sobre o som das minhas cordas vocais.
Meu corpo fica bambo
e babo pelo seu toque como
um cão raivoso à procura de mais veneno.
Ver você fica cada dia mais irrelevante.

Enquanto isso, utopias mastigam
o meu relógio de parede
e tudo aquilo que queria contar pra você.
Mitologia de boteco.
Projeções.
Qualquer Cura.
Mas há uma pétala murcha no chão
à espera de mais um fim.

Tudo é sempre recomeço
pra quem já se acostumou com terremotos.
Uns chamam ela de furacão,
mas ela é apenas o seu reflexo no espelho
embaçado do banheiro de um quarto alugado.

Amor em Virgem

Sinto cheiro de medo por onde passo.
Saio de casa quase todos os dias
na mesma hora só para ver se caio na rotina.
Os nós da minha garganta entupiram
toda e qualquer passagem de ar
e se transformaram em gravatas borboletas.
Vejo lágrimas vencidas manchando
minhas bochechas de sardinhas.
Fui enlatada e nem percebi.
Esse seu medo de carne, eu sinto de longe.
Olho pelo espelho privado que acha
que vê o público dos outros.
Ele reflete os melhores ângulos.
Perco-me entre tantos reflexos.
Paro. Vejo a placa torta de *Hermosa Beach*.
Sento em frente ao mar.
Reflito sobre os aflitos,
desembaraço os atritos do meu cabelo encaracolado
enquanto olho os caracóis à procura de ar.
Mas o cheiro continua ali.
Passeia comigo na mochila.
Ontem, você falou dele para mim,
e descobri que o cheiro era meu.

Amor em Virgem

Com frequência,
questiono sobre o lugar adequado do amor.
Sabe como é,
quando a gente passa muito tempo sozinha,
começa a inventar coisas para se preocupar —
sempre choveu forte assim,
ou agora está pior?
fazia tanto frio assim em maio,
ou agora está pior?
eu já tinha essa barriga aguçada,
ou agora está pior?
Tenho tanto para falar para você,
mas cansei de tentar me ajustar
a sua falta de motivação.
Eu desisti faz tempo,
só não fui embora…
ainda.

Amor em Libra

Vejo-me medida por laços mal apertados
limites, algum risco.
Você procura por uma paz que
só posso dar temporariamente.
Estou exausta
na minha cama,
depois de horas embriagando seus sentidos
com meu canto de sereia em cativeiro.
Sabe, aquele que leva você
para o fundo do mar,
para dar atenção às minhas incertezas,
faz você querer mais.
Você quer isso,
e procura por um êxtase que só eu posso dar.
Enquanto isso,
minhas quatro paredes
olham para a sua boca com desejo.

Amor em Libra

Paredes mal pintadas de você permeiam
meus horizontes e minhas verticais,
e essas janelas mal fechadas,
danificadas pelo temporal.
Você fala de vida e de morte
no meio de conversas em festas,
como se a dor fosse algo casual.
Queria que a sua lembrança saísse
do meio da minha testa,
assim como desejo a ausência das novas
rugas que estão por vir.
Acho que ficamos trancados um no outro,
enlatados, sem lanterna.
Você olha de longe,
não consegue ver os meus defeitos,
e nem imagina para onde o meu vento pode nos levar.
Sabe, preciso encontrar um caminho de volta.
Quem sabe assim, paro de dar voltas em você.
Mas não, sigo rasgada,
caminho na sua direção
para ver se você acha um dos meus pedaços
e come.

Amor em Escorpião

A sua voz rouca
chega sem pedir licença,
rasga minha roupa e
abre buracos negros
nos meus ouvidos.
Aquela sua porta entreaberta
chama-se convite
e eu entro,
assim como você entra dentro de mim,
firme, à procura de alguma cura.
Desculpa,
acho que as suas dores já passaram da validade.
O que separa esse desejo
que tenho de você em mim,
é esse seu medo de
comer carne crua.

Amor em Escorpião

Eu me preparo para vestir a sua melhor memória
feita com as sobras dos tecidos
emprestados desse céu nublado de agosto
em Los Angeles —
bem no meio do meu verão.
Não sei como costurar
a sua voz no meu ouvido,
mas sinto suas alfinetadas na minha boneca de pano.
Ai!
Como se a sua vingança não fosse um plano
meticulosamente desenhado para me envenenar.
De costas, aproximo-me
do seu colo por engano.
No seu olhar, mistério, tédio e proteção.
Tudo o que eu queria agora era
a sua caneta ativa rabiscando os meus contornos
de chuva pingada na manhã errada.
Passa um café?

Amor em Sagitário

Temos acumulado histórias vazias,
pré-descascadas,
esterilizadas.
Paramos de colecionar vitórias
porque os troféus já não falam das glórias,
nem das MariAS, nem das MariANAS.
Estamos entediados frente ao caos humano
que congela anos em aparelhos portáteis de metal.
Quando perdemos o sinal, a dor é real.
Alucinamos.
Coletivamente.
Perdemos o tato.
Já cansamos de ver os melhores ângulos.
Ninguém mais se vê de frente.
Todo mundo mente
E de repente
quem sente demais, faz o quê?

Amor em Sagitário

Tenho a curiosidade natural de alguém
que tem a cabeça aberta,
como se fosse um livro sem final.
Quando sinto dor, meu coração engole
tudo que está ao seu alcance
como se fosse areia movediça.
Gosto muito de ler,
mas não consigo ler o suficiente.
Gosto do amor,
mas não cozinho todos os dias.
Guardo a flecha no armário
como se ela pudesse ser minha âncora.
Tenho a independência natural de
uma mulher rebelde
que foge de casa
uma vez ao ano
para não sucumbir ao tédio.

Amor em Capricórnio

Quem te quer na vida,
se aperta pra fazer você caber.
Quem te quer na vida,
se motiva pra fazer você crescer.
Quem te quer na vida,
se revela pra você entender.
Quem te quer na vida,
se quebra pra você entrar.
Quebra a parede,
deixa entrar luz e faz uma porta.
Quem te quer na vida,
fica.

Amor em Capricórnio

Se o mundo fosse
em preto e branco,
você sonharia com o arco-íris?
Se tudo na vida
fosse por dinheiro,
você ainda assim doaria seus dons?
Se tudo se resolvesse
com soluções vendidas
em pacotes no mercado,
você gastaria uma noite de sono?
Para quê?
Porque a vida é um pacote de amor
esquecido numa caixa
cheia de cartas e memórias.
E hoje eu não faço o menor sentido.

Amor em Aquário

Você descobre que
é uma safada cansada
quando se vê na sacada
deitada
com a cabeça apoiada
na almofada
fazendo planos com os amigos,
ligando para as amigas,
mapeando a balada
lotada,
no GPS da sua (in)disposição.
Você descobre que
é uma safada cansada
quando cancela
o bar e escreve no *stories*:
Sextô!
Hoje, meu bem,
só delivery.

Amor em Aquário

Um risco.
Um cisco.
Um rabisco.
Um feitiço
do cupido vesgo lá do outro lado,
que não sabe que não posso,
que não sabe que não quero,
que não sabe de nada, aquele idiota!
Uma rosa.
Uma hora.
Uma chora.
Um *bora?*
da mão que me atraiu pelo toque,
da mão que me agarrou para o beijo,
da mão que se enroscou na minha.
Engano do destino bêbado, aquele safado!
O cupido errado achou que o destino estava na hora,
e me flechou você.
Caímos de quatro:
eu, você, o cupido, e a rosa que ainda não secou.
Dizem que rosas que não secam são amor.
Dizem que você não presta.
Dizem que eu sou santa.
Mas é tudo mentira.
E esse cisco continua no meu olho.
Droga!

Amor em Peixes

Respiração pesada.
Café na mesa.
Tempestade lá fora.
Você chegou na minha vida
E toda dor que já senti,
todo beijo que já recebi,
desapareceram como se alguém tivesse
roubado toda essa minha ansiedade em troca
dessa nova forma de felicidade.
Você! Gritei! Você!
Vem aqui.
Deixe-me tirar toda a dor que já sentiu.
Deixe-me beijar seus lábios até o fim.
Deixe-me amar você até nos tornarmos três.
Você chegou na minha vida
e todos os meus pedaços
encontraram
uma nova casa.
Fica.

Amor em Peixes

Ele tem um cheiro que vem de Marte,
mas a gente só se encontra na Terra.
Nem sempre é agradável,
depende da estação do ano.
O nome? Nunca falo em voz alta.
Carrego nos ombros o perigo de me apaixonar.
De vez em quando, ele me leva
para passear no seu cavalo preto.
Eu sei, contaram para você que
o cavalo tinha que ser branco.
Também me confundo.
Talvez é culpa das expectativas
sobre o cavalo que a gente não consegue ser feliz.
Talvez é culpa da cor que
Nunca é vermelha.
Talvez é culpa do amor
que eu invento para te trazer para perto,
para te platonizar.
De vez em quando, penso em largar tudo
e seguir em linha reta.
Embora? Para onde?
Também não sei.
Só sei que queria sair daqui.
Sair de dentro de mim,
do lugar que mais me aprisiona,
que me limita, que me acelera.

Parte 3

.Quando o amor do mundo entra em Sagitário.

Tenho a visão ofuscada
por uma fila de palavras bonitas,
mas atropeladas, elas interrompem avenidas largas
que poderiam me levar de volta para casa.
Tenho a garganta naufragada
porque falo sobre as maçãs apodrecidas no prato.
Conto as pedras no meu caminho.
Conto causos para cortar o silêncio
que segura o amor pela mão
para ele não cair da ponte.
Abro livros interessantes, outros nem tanto.
Fecho portas.
Espio pelo espaço de frestas
abertas por estranhos querendo ser reconhecidos.
Penso demais.
Invento histórias passageiras
porque preciso que elas se tornem muletas.
Falo sobre o amor, e tudo que ventila a dor
para debaixo do tapete.
Fica mais fácil sorrir quando a casa parece limpa.
Crio barulhos intraduzíveis,
mas quero que todos me entendam
ao mesmo tempo.

Desbota minhas teorias
de gostar das coisas
como avalanche.
Há um quarto escuro dentro de mim
incapaz de trazer você para perto.
Não acreditamos em identidade,
mas quando você vê
as minhas máscaras,
as mais caras,
você despe a minha verdade.
As mentiras que acumulo
ficam tão nítidas.
Circos, alucinações, coletividade.
Tudo é tédio.
Tudo fica longe.
Meu bem, essa vida que vivo
ainda não está ao seu alcance.

Todos os buracos mal habitados que coleciono
levaram meus tombos até você
e você vê coisas demais.
Mas cara, máscaras foram feitas para cair,
e quando folhar minhas imperfeições
com sua lente sem contato,
um cheiro vai ficar no seu olfato.
Ao meu ruído de piano mal afinado,
você vai fazer vistas grossas.
Tudo o que sou,
faz meu mundo repelir você.
Inoportunamente chegando
na hora em que eu estava aberta.

Rabisco rascunhos de alguma coisa
que parece com você
em papel reciclado.
Queria decorar as suas curvas,
mas nunca vejo você pelas ruas
que formam linhas retas.
Troco moedas.
Troco de roupas.
Troco até de amor.
Acho que preciso trocar de direção
para ver se a gente se esbarra.
Queria decorar todos os seus poemas,
mas percebo que tenho medo.
Troco de casa.
Troco a fotografia no Insta.
Troco até de telefone.
Mas o seu número continua o mesmo.
É sempre assim: só eu que mudo.
Silêncio.
Rasgos.
Menos um pedaço de papel inteiro no mundo.

Línguas travadas insistem em querer
lamber o beijo proibido.
Enquanto isso, o poeta rima desejos escondidos.
Bocas estão ocas iguais às cabeças vazias
das novas bonecas esterilizadas.
Seus olhos procuram rostos diferentes
num mundo que se acostumou
a ser igual a todo mundo.
Boca, nariz, testa, cintura.
Seus dedos percorrem montanhas perdidas,
deslocadas pelos bisturis.
Precipícios, infernos,
e entram em buracos quase esquecidos.
Acho que a sua boca perdeu o gosto
Como vamos falar a mesma língua sem ele?
BacANA

Há quem duvide das minhas dúvidas gourmet.
Customizadas em cima de pratos de prata.
Apertadas entre as palavras
não ditas na hora certa.
Está tudo errado.
Só queria acertar você.
Deuses, mitos, santos, vagabundos.
Ninguém previu a sua chegada.
Agora, sinto-me pendurada
no seu cabide de roupas *que um dia vou usar.*
Na forma de viver, sou agressiva.
Mas você não segura as minhas dores no colo
e acha que
na forma de viver, sou passiva.
Frases agri-doces intensificam o meu sabor
e confundem o seu paladar
com incertezas leviANAS.
Ah, se você pudesse conhecer todas elas!
Lembro que falei: *coleciono tropeços e amores errados.*
Acho que você não prestava atenção
enquanto eu falava.

Queria ser um conto de enigmas para você.
Se eu deixasse, as pessoas olhariam dentro de mim?
As suas marcas nas ruas esburacadas de POA
se escondem atrás de moitas passarinhas.
Mas meu caro, presta atenção, até elas passarão.
Engraçado, é como se
estivéssemos brincando de esconde-esconde.
Parei na frente de um banco de praça.
Até onde vejo, há uma mensagem que avisa
fragmentos de você como sinais de fumaça
por todos os cantos da cidade.
É tanta orla que perco você pelo caminho.

Conheço as suas marcas de caneta no papel.
Elas contam apenas os seus segredos necessários.
Você é igual a água do meu filtro:
não consigo ver as impurezas,
mas sei que estão todas lá, enfileiradas,
à minha espera.
Preciso te engolir.
Uma boca aberta.
Um pau duro.
Uma mão na cintura.
Um espelho quebrado.
E sete anos de azar.

O ar-condicionado ventila meus ouvidos cansados.
Sua voz é um filme que escuto com atenção
ao imaginar cenas mal enquadradas.
O ar-condicionado
discute com as condições impostas
pelos seus julgamentos de purgatório vencido.
Há uma pulga atrás da minha orelha
roçando inseguranças aleatórias
contra meu vocabulário de pétalas —
bem -me-quer
mal-me-quer.
Como se querer fosse apenas
o que me resta.
Você me experimenta como carne
malpassada e meu sangue
escorre pela sua Língua Portuguesa
à milanesa.
Você me coloca de volta no fogo.
O calor estanca minhas hemorragias
de carne de segunda.
Tudo isso acontecendo, e hoje é apenas terça-feira.

A minha beleza parece agressiva.
Espalho meus dedos pelo corpo.
Uma mulher desesperada
que tenta demais, que passa da linha.
Sento e contemplo o céu.
Escuto os pássaros que
insistem nas repetições vocais.
É meio-dia e os morros estão afiados,
precisos na maneira como cortam o véu.
Eles interrompem o sol como se fossem
crianças inocentes
que respondem suas mães com palavras erradas.
Não quero tomar banho agora!
Falo para você sobre as minhas laranjas —
frescas, recém tiradas do pé.
Você fala sobre os seus limões.
Rimos ao pensar na piada sobre a limonada.
Nos tornamos amargos.
Já passou da hora e mexo a cabeça
para dar o último adeus.
E assim o faço
como se fosse uma criança que vai embora
da casa dos avós no interior,
acenando para as montanhas os seus *até logo,*
sem saber que
pode ser a última vez.

O mundo está cheio de palavras
que nascem erradas.
Tortas.
Como bolos de chantilly amassados
em caras artificiais.
Por fora, todo mundo parece legal.
Mas quando a gente permite ver e ser vista
por dentro,
do lado avesso que torna as coisas
superficiais em essenciais,
um segredo de vidro é quebrado
e esse pedaço faz o dedo que o tocou sangrar.
É como se estivesse tão quente lá fora
que chuva caindo do céu não fosse água,
apenas suor de nuvens cansadas,
nos tornando uma coisa só —
você, eu e o sol.

Escorre a dor pelo escorregador.
Escorre o amor no ventilador.
Esquece as roupas no aquecedor.
Escolhe as rosas do vendedor.
Espreme as espinhas no liquidificador.
Estupra versos no escorredor
de panelas mal batidas
nas sacadas sem elevador.
Espera a esperança morrer no incubador.
Amassa as suas dores porque o ar precisa de espaço
para passar entre as cores
de mais de 500 mil famílias.
Faz 500 anos desde que o descobridor
nos deu o primeiro cobertor.
Verde e amarelo desbotaram
em preto e branco.
A guerra real está na classe.
As dores pobres não valem nem um centavo.

Há dias que visto uma imagem
que não é minha.
Mas, sabe, sou tão melhor do que
os espelhos que me espiam nos defeitos.
Às vezes, tenho que vestir uma capa loira
para fingir que estou participando do circo.
Você já acordou sem querer acordar?
É tudo chato demais.
Só queria ir a uma festa, perder o fim.
Estou a tempo demais sem as minhas liberdades.

Um dia, alguém me disse que
amar ao próximo era o jeito certo.
Um dia, olhei para trás e vi que
já amei tanta gente só na casca.
Um dia, percebi que me acostumei
com a normalidade que me ensinaram na escola.
Um dia, lembrei que, sendo eu assim
tão deslocada e romanticamente preguiçosa,
precisava voltar para a minha
versão original.

Pesado mesmo é o pelo
que descansa sua raiz precoce
arrancada na fricção de nossas peles
desprotegidas contra o amor.
Sempre amei sem filtros.
Agora você entende as minhas impurezas?

É insustentável pensar na vida
que me corrói aos poucos
quando estou triste.
É insuportável pensar na morte
que me desbota rápido demais
quando estou feliz.
Tento, tanto, há tempos, o tempo todo.
É insustentável pensar demais
tendo que sustentar uma cabeça que
gira mais do que guarda-chuva em tempestade.
É insuportável ser inteira quando
só enxergam as minhas metades.

Queria ter tempo de me apaixonar.
Queria largar tudo só mais uma vez
Para recomeçar sem tanta bagagem.
Queria encontrar alguém que
Queira o meu rio e todas as minhas
Constantes mudanças de lugar.
Principalmente, alguém que
aguente o meu silêncio.

Parte de mim quebrou
um ano depois que você morreu.
Eu pensei em você todos os dias
por 5 anos...
Agora, no ano seis da sua morte,
Você assombra os meus pensamentos
algumas vezes ao mês.
Mas como dizem as más línguas:
São sete anos de azar.
Eu me preparo para pensar em você
por mais dez meses.
O que será de mim depois?
Não sei.
Eu quase morri
um ano depois que você morreu.

Agora, já faz dez anos.

Panela de pressão.
Palavras no fogo.
Você chegou
quando já era tarde demais.
Ah, *baby*!
Se você pudesse segurar meu coração
em suas mãos.
São tantas as histórias
que já me contaram.
Você chegou
quando já era tarde demais.

Assim como meus anos passando em branco,
julgo seus lamentos sem cabimento.
Mas te quero tanto que
te faço caber em todas as minhas
entrelinhas existenciais.
Te cavouco pra dentro dos meus buracos.
Te provoco só pra testar as minhas
habilidades novas
recolhidas do quintal
como roupas frescas no varal.
Veja! Olhe para o lado.
Carneirinhos pulando cercas sinalizam
o fim de um sono que nunca veio.
E deus, cadê?

Sou uma sala de espera
escutando barulhos
comendo os restos de ontem
vestindo para impressionar
publicações e todas as meia-verdades
que já me contaram por aí.
Sou uma sala de espera
tendo a minha fatia das misérias do mundo,
deixando a minha fatia
sobre os mistérios do mundo,
amando todos que conheço à primeira vista.
Sou uma sala de espera
assistindo a vida e a morte
decidirem o meu destino.

Conversamos em códigos secretos
para que ninguém decodifique a dor
das nossas noites mal dormidas.
Sumimos do mapa e corremos
atrás da vida para que ela não nos escape.
Mas ela sempre vai embora
no final.

Se eu pudesse,
faria mais noites dos meus dias.
Porque é no silêncio de cabeças descansadas
em travesseiros com fronha de seda
que me escuto melhor.
Voltam os remédios,
e a loucura da cabeça
se despede numa madrugada morna de setembro.
Toda a lógica volta a ser medida.
E assim, sob medida, a vida volta.
E tudo o que antes era dor
se transforma em papel guardado
em caixinha de lembranças
escondidas no fundo do guarda-roupas.
Até a melancolia tem data de validade.

Já não sei mais como disfarçar
a passagem do tempo
sobre o meu rosto cansado.
Se for para colocar veneno na testa,
talvez prefira sentir o gosto dele na boca.
Há buracos abertos
e flechas desperdiçadas
por toda parte.
Há ruas demais nos levando
para lugar nenhum.
Já não sei mais como disfarçar a irrelevância
de heróis e heroínas na minha vida.
Como ainda existo, ainda penso,
logo, existo.
Então, desisto?
Insisto.

Às vezes, levo minhas dores para passear
em túneis construídos nas entrelinhas de
discursos bem elaborados.
Como se a simplicidade das minhas palavras
não conseguisse carregar mais mágoas sobre
as cordas vocais que moram nas gargantas
que deixei para trás.
Vivo pedaços de um passado que
todo mundo quer que eu esqueça,
mas não consigo.
Algumas ruas acabam sem saída.
Enquanto isso, o trânsito para
na ponte Hercílio Luz
e todo mundo tenta ir para casa.
É como se, para os outros,
minha vida nunca tivesse acontecido.

Lágrimas de deuses lentos
molham os meus espinhos.
Amoleço.
Está tudo tão confuso.
Ando tão cansada.
Rosas pretas.
Rosas brancas.
Rosas amarelas.
E todas tão rosas, mas tão rosas,
que já não sabem mais o que são.
E eu, o que sou?
Sou rosa ou sou poeta?
E se for os dois?
Somos todos peixes lentos
espetados em espinhos fugazes
dentro de uma lata de esquecimento.

Escuto o vento.
Escuto o canto dos pássaros felizes
o dia inteiro na minha janela.
Escuto pessoas.
Elas vendem seus beijos a preço de banana.
Elas abrem a boca, mas falam pelos cotovelos.
Escuto multidões.
Elas falam sobre os seus remorsos.
Elas tapam os ouvidos e dizem
blá blá blá
E eu?
Eu escuto essa gente toda, o tempo todo.
E o tempo?
Ele me leva na garupa
da lógica abstrata da vida.

Você diz *luv you*
como quem dispara um tiro no escuro
na tentativa de acertar em cheio
o espaço vazio que separa meus joelhos
das minhas coxas roxas.
Você diz *luv you*
como quem toca peles apenas na superfície,
na tentativa de enfiar os dedos
no buraco imaginário que sustenta meus quadris
e me deixa oca.
Você diz *luv you*
como quem sabe da insignificância do significado
da palavra amor em inglês.
Você é incapaz de dizer *eu te amo*
porque falta em você
o paraquedas que segura e protege
a todos aqueles que caem na real.

Provo cicatrizes
com sabor de beijo vencido.
Provo cicatrizes
Como roupa cara
que não levo para casa.
Provo o gosto.
Provo a roupa.
E esse povo todo me olha
como se me provasse também.
Reprovo.

Tem gente que coloca sabor de perigo
sobre as nossas incertezas,
como se elas fossem a cobertura
de um sorvete de limão.
Tem gente que estabiliza a nossa dor,
como se o nosso mundo também fosse
belo
e louco
e incorreto.
Tem gente que nos coloca no eixo,
nos empacota,
e nos dá de presente a nós mesmos.

Um, dois, três, quatro, cinco.
A morfina pinga um
E mais um, dois, três, quatro, cinco.
A morfina aumenta
A dor baixa
Quando cheguei, às sete horas da manhã,
ela pingava a cada dez segundos.
Um, dois, três, quatro, cinco.
Quantas gotas são necessárias para se tirar
toda a dor do corpo?
E de um corpo que nunca chora,
que tipo de dor vive lá dentro?
Lágrimas de morfina choram
de fora para dentro para ver se
você se abre para o céu.
Mas você já não vê mais nada.
Mas você já não escuta quase nada.
Mas você não chora,
nem de dor, nem de amor.
Um, dois, três, quatro, cinco.
São onze e vinte da manhã e espero
pelo seu último suspiro.
Res-piro.

escrito enquanto via a morte da minha avó chegar.

Há um gosto de café diferente na minha boca
nesta manhã de sexta-feira, em Porto Alegre.
Ele acorda todas as minhas manhas.
Há um cheiro diferente no ar
rompendo como vento forte
tudo aquilo que eu queria ter.
Ele espreme os meus pulmões
com o ar da sua graça.
Há um vento sul que não consegue ser
tão forte quanto a sua presença.
Ele esfria nossos corpos.
Ele joga um balde de água gelada
nas apostas de amor
que acontecem diariamente
nos bares da cidade.
Há paixão demais em tudo o que toco,
menos em você.

Curo minhas culpas a colheradas
de sopa de galinha.
Curo minhas dores sem você por perto.
Curo minhas doenças mentais e banais
ao sair da linha.
Curo minha sede sozinha
ao perceber que
em você só tem deserto.

Dez linhas para desenhar
a história de um problema
que está em constante mudança.
Fica imaginando, quem será que
vai chegar ao fim dessa mentira primeiro?
Porque, você sabe,
uma mentira
é sempre uma linha torta.

Ontem te vi nuvem,
parecia pesado.
Não sei se suas
ou se choras
ou se pingas segundos em horas?
Marco o teu beijo na agenda do meu tempo.
Marco o teu cheiro no caderno
que anota o vento.
Aquele que te leva como nuvem sem rumo.
Aquele que te faz teia de aranha
e te estica pra cá e pra lá,
meramente por acaso.
O problema é que desabamos um no outro
como lama desesperada
em dia de chuva de nuvem pesada.

Percorro os seus poros
perfurados por amores pagãos
com a precisão de quem conhece paredes
porque também já foi labirinto.
Hoje acredito que o amor está nos poros que se
abrem ao movimento lento do vento.
Decodifico minhas incertezas
quando percorro os seus poros
com a ponta dos dedos.
Deles escorrem as suas certezas
como baba de cão.
Lubrifico minhas veias entupidas
por amores em vão.
Seus poros se tornaram ecos
para os meus silêncios de verão.

Palavras férteis.
Nem elas sabem como abrir as correntes
desse coração mal colado.
Possibilidades férteis
de ruas de mão única
que levam para lugar nenhum.
Silêncios férteis
de todas as palavras que
pensei que você merecia ouvir.
Tempo infértil.
Hora errada.
Espalhada pela linha do tempo
das minhas incertezas.
Sai da frente,
vou atirar a flecha
para bem longe da linha que
divide o bem e o mal.

Ando cansada dos meus pensamentos.
Ando cansada de sair de casa
para que as pessoas vejam
um lado meu que
não quero mais mostrar.
Estou me tornando essa coisa nova
refletida no espelho.
Não sou mais o que eu era
e não consigo ajustar essa camada nova
que a minha pele vai vestir
pelos próximos dez anos.
Estou perdida em pensamentos.
Estou cansada o tempo todo.
Minha vida já chegou ao meio de si.

Chega mais perto.
Encontre as palavras certas
espalhas pela sala
e coloque-as de volta numa caixa.
Ontem, aqui teve festa.
Chega mais perto.
Veja meus sentimentos reprimidos
se transformarem
em mais uma bola na garganta.
Um caroço chamado *metade amor*.

Parece que eu deveria viver a vida sem forçá-la.
Dizem: há um tempo certo para tudo.
Parece que eu deveria ser virtuosa
sem querer ter virtudes.
Dizem: você deve esperar.
Parece que eu deveria me mover
pelo mundo em silêncio
sem tentar alcançar o céu.
Dizem: volte a ser criança porque
a vida segue,
o mundo gira,
e tudo é clichê.
Dizem: siga em frente.

Mas, e se eu quiser voltar?

Esta casa e todos estes lugares vazios nas paredes.
Tento preencher buracos com coisas.
Fico reorganizando as fotos
e os móveis e os vasos
dos cômodos que não são meus.
Queria ser boa.
Tento ser boa.
Mas, esta casa…
Enquanto isso,
de volta a minha casa,
a sua memória descansa
dentro de uma gaveta esquecida.
Só eu sei que você está lá.
Mas, está mesmo?

Minhas memórias são filtradas
pelas pedras que coloquei no caminho.
Mas elas não mudam nada.
Eu tropeço mil vezes nos seus tornozelos.
Porque há pedras difíceis
de rolar ladeira abaixo.
Um beijo e pronto: voltamos ao presente.
Corpos em atrito.
Não me permito sentir prazer porque
o êxtase é uma distração
para quem controla até o amor.

Minha mortalidade se insinua.
Falta tempo para pensar nos rótulos
porque minhas horas são para o conteúdo.
Não quero egos.
Nem o seu.
Nem o meu.
Minha mortalidade é crua.
O que é necessário para você?
Para alguns, é a comida.
Para outros, é o amor.
Para mim, é a dor.
Minha mortalidade foge como um cão que,
mesmo feliz, sai de casa correndo
se o portão estiver aberto.
Falta a escolha num mundo que é só opção.
Minha mortalidade é nua.
E a sua?

Na maior parte do ano,
eu me sinto uma fraude.
Não sei como respirar direito.
Não sei como acalmar meus pensamentos.
Não sei como amar o outro inteiro.
Não sei comunicar minhas preces.
Não sei correr na velocidade adequada
pra queimar 500 calorias.
Não sei escrever nem sequer um verso.
Não sei porque alguém me ouviria.
Não sei se sei porque eu também não sei
sobre o sentido da vida.
Na maior parte do ano,
eu me sinto apenas humana.

Quem tem tempo para chorar
quando nem a agenda deixa?
Quem deu permissão para
um pedaço de papel e
para uma tela artificial
controlar as nossas emoções?
Quem inventou o computador,
a internet, e a agenda virtual?
Eles me perseguem em todos os lugares.
Não tenho mais nem tempo
para ser eu mesma.
Então, quem sou?
Tenho apenas meus gritos de liberdade
fincados no chão como âncora,
depois de terem sido flechadas
na direção errada.

Merda, perdi outro ônibus.

Tente viver na chuva
quando você só gosta de sol.
Às vezes é difícil se encontrar
no meio dos rabiscos
que viraram seus pensamentos.
Desate-se.
Reescreva-se.
Não confunda gota de chuva
com gota de suor.
E esse aqui também
não é um poema sobre temperaturas.

Perdões poéticos
também são patéticos.
Tal como patrimônios
vindos de patrocínios.
Patentes sem registro.
Domínio público.
Patetas e caretas.
Eu. Existo.
Como provar?

Não sei se intensidade
tem sinônimo de profundo.
Faz tempo que não lembro
do significado das palavras
que já foram casa.
Entrega ou *delivery*?
Só sei que está na hora
de parar de treinar
mergulhos fundos
em piscinas sem água.

Para mim, o amor é um sobressalto.
Às sete da manhã,
cansaço e cobertor.
Ao meio-dia,
fome e sofá.
À duas da tarde,
comida e mais trabalho.
Pra mim, o amor é um salto.
Às cinco, você fecha o computador.
Depois das seis,
janta e amor.

Escuto barulhos ocos.
Agora pare.
Veja as pessoas que têm receio
de tudo o que posso falar.
Vou te contar sobre os ruídos que
se diluíram nas costas do vento
porque queriam ir comigo na garupa do tempo.
Vou te falar sobre as folhas que se suicidam
— lentas —
na frente da cachoeira.
Vou te mostrar a água que escorre
sobre as pedras em forma de véu de noiva.
Grilos e grinaldas.
Uma folha virada, morta,
silenciosa é levada pelo vento.
Escuta.

Fui ao parque passarinhar,
você já estava lá.
Fui à praça porque era de graça,
você já estava lá.
Fui ao mercado pra comprar fiado,
Você já estava lá.
Fui ao centro pra comprar coentro,
mas você não suporta o gosto de
sabão da mistura do abacate
com o limão.
Então, quem é você?

Chega uma hora que você
começa a ter dificuldades
em se olhar no espelho
por não se reconhecer mais.
Nem por fora
Nem por dentro.
Você recebeu umas roupas novas,
que eram até bem bonitinhas,
mas elas ainda não cabem direito
no seu quadril novo.
Parece que sobra um espaço estranho
que tem mais a ver com o tempo
do que com as medidas
da sua calça jeans nova.

Queria pular o silêncio espremido
entre as minhas dúvidas.
Talvez como se pulasse corda,
ou como a espinha que teima em crescer
em espaços diferentes
entre minhas sobrancelhas.
Borrar de vermelho a minha testa.
Opa, o nariz.
Essas dúvidas cavam buracos fundos
e essa cicatriz é tudo o que me resta.
Para você, isso é festa.
Aquilo também.
Te testo, outra vez.
Gruda na minha testa,
como lembrete de lista
de coisas para fazer.
Sempre amanhã.
Te amo num dia só para poder
falar mal de você no outro —
dizem que
equilíbrio é tudo nessa vida.

Aqui os barulhos soam diferente.
É como se os parafusos da roda-gigante
do *pier* de Santa Monica
não rangessem ao som dos meus quase gritos.
Todos estão quase surdos,
a música é quase alta,
eu quase te amo.
Escuta.
Aqui os barulhos soam diferente.
É como se o amor e a dor
tivessem sido higienizados
e então, tudo que se sente é filtrado
para purificar um pecado que
está só nos olhos dos outros.
Veja.
Pisei numa terra nova,
experimentei novos gostos,
vesti roupas adequadas.
E ainda assim tive que colocar meus sonhos
para dormir mais cedo.
Acorda.
Aqui, o mundo não para.
Aqui, não tem roda de chimarrão.
Aqui, o pão não é assim tão fresco.
Aqui, nunca sei que horas são.
Aqui, sou um pedaço na multidão.
Me acha.

Não ria muito alto.
Não sorria tão grande assim,
vão pensar que você está dando certas liberdades.
Não dê a sua opinião
sem ser requisitada.
Não fale com estranhos.
Respeite os mais velhos.
Escute os professores,
principalmente os de Língua Portuguesa.
Um dia, você vai entender
por que
porque
porquê.
Volte a se importar
com o olhar do outro.
O seu reflexo mais belo
está no olho de quem vê.

Embaixo do tapete
escondo um punhado de cautela atrasada.
Você sabe, o amor pode ser uma coisa temporária
que o mundo teima em eternizar.
As paixões, sim, parecem que
ficam vivas para sempre.
Não sei para você, mas é assim para mim.
Balançam as minhas certezas como
um temporal de inverno
mexendo uma rede colorida —
verde, amarela, e azul — para lá e para cá.
Mas lá fora agora está quente.
E nem todos verão a sua dor embaixo do cobertor
esquecido no armário, apertado num canto
junto com a caixa que guarda as nossas fotos.
Tudo cheira naftalina.

As imagens daquela dor
são um filme na minha cabeça,
mas ele também parece temporário.
Agora, o tempo fecha.
Cai paixão de novo pelos telhados —
todos os anos escorrego e caio.
Um pinguinho por vez,
até que o vento vem e
leva mais água para passear.
De braços dados,

eles deixam marcas úmidas nas ruas,
nas calçadas, nas casas semiabandonadas.

Meus pés também passam
e deixam registros,
assim como o polegar da
impressão digital desenha
seus contornos no papel.
Entra aqui,
veja as minhas curvas,
toca as linhas que me singularizam,
e me tira do banal.

129

Uma noite de Natal.
Para uns, nascimento.
Para outros, a morte e o fim.
Sofrimento.
Poças fundas.
Poças rasas.
A sujeira aumenta e se torna o tapete.
Como?
Não sei.
Só sei que é verdade.

Hoje parei para procurar
a antena da minha alma.
Onde estaria o meu canal?
Não sei.
Não sei.
Preciso encontrar a antena
que me sintoniza ao universo.
Não pode ser o coração,
porque ele sente demais.
Não pode ser a razão,
porque ela pensa demais.
Sim, as mãos.
Achei!
A antena, na verdade, são antenas.
Para ser mais exata, uma dezena.

Para eu te dar pedaços do meu tempo,
preciso estar apaixonada pela sua lembrança.
Inquieta, demoro para abrir espaço
para as coisas novas.
Veja bem, coisas podem ser pessoas,
animais, lugares, ou
objetos não identificados.
Uma vez, conheci outra poeta e
comecei a observar.
Não sei se é confiável confiar em poetas.
Elas, principalmente elas,
guardam tudo que olham
na ponta da caneta.
Observadoras do quotidiano,
guardiãs das lembranças do mundo,
seres que vivem entre o vendaval e
a calmaria da cantaria
dos pássaros ao amanhecer.
Silêncio.
Absoluto.
É a hora da poesia.
Lembro da poeta outra vez.
Chegou o tempo dela.

Pense em algo novo sobre as coisas velhas
que cercam você.
Olhares vazios de mundo cheio de gente.
Demais.
Com a profundidade de um prato de arroz sem sal,
penso sobre como traduzir sabores.
Em português, falamos cheiro verde
para nos referir às ervas aromáticas
tais como salsinha e coentro.
Em português, essa expressão nos faz sentir
o cheiro da palavra na ponta do nariz.
E esse nível de amor às palavras
ninguém consegue traduzir.

Eu me escondo dele como areia
que aguarda dentro do baldinho
a hora de virar castelo.
Eu me escondo dentro dele como potência
de semente recém-plantada.
O meu humor e o meu amor.
E o seu mau humor por todas as coisas
que não sejam televisão.
Eu me escondo do furacão.

Poucos vão amar você.
Alguns vão ignorar você.
Poucos vão gostar de você.
Alguns vão odiar você.
Outros causarão o temporal e
dirão que a culpa é sua,
que você é o furacão.
E você?

Lá vem a menina
que filtra o mundo
com as lentes do seu coração.
Lá vem a princesa
que ama os seus vestidos
com babados, cirandas e diversão.
Lá vem a mulher
que não acredita em ninguém,
com uma ampulheta nas mãos.
Lá vem a ferida,
que sangra com o mundo,
com um poema fincado
na ponta da língua.
Lá vem o final (feliz?)
e mal sabe ela que
esse é apenas o começo.

Abaixe o volume daquele rádio antigo.
Acabe com a festa.
Afaste-se de pessoas rasas.
Repito: *afaste-se de pessoas rasas.*
O barulho dentro das cabeças delas
é mais alto do que a sua voz.
Elas nunca escutarão você.

Sempre economizei espaço
porque parecia que
eu nunca ia caber inteira
naquelas páginas.
O mundo escolhe os dias errados
para me provocar.
Chamam meu nome.
Ligam para o meu telefone.
Cobram presença.
Tenham paciência.
Ando por corredores apertados,
e espero encontrar uma resposta
para a minha ausência.

Tenho suspeitas de que o amor
é a nova definição de fogo.
Sou apenas uma observadora,
seguro palavras quentes nas mãos,
seguro feridas abertas nas pontas dos dedos.
Enquanto isso, seguro o seu abraço,
tento fazer você sorrir.
Deixo marcas de batom vermelho
nas taças de vinhos,
na esperança de que você
coloque a culpa no Cabernet.
Tenho suspeitas de que o amor
é a nova definição de cuidado.
Aos poucos, aprendo sobre as coisas lentas,
e silencio os gritos da minha cabeça.

Ninguém dá atenção
aos meus silêncios
e preciso fazer barulho
outra vez
para explicar porque
não gosto de falar.
Eu só queria ficar quieta.
Mentira!
Você me convida para a festa?
Prometo fincar a flecha no chão
e ficar até o fim.

Não posso fugir do chamado do destino.
Ele ecoa seus desejos filtrados
pelas grades da ponte do Brooklyn
como se fosse um cafezinho passado
pensando no futuro.
Não posso ter um plano A
para esperar você lá do outro lado.
Tenho apenas uma chance.
Não posso ter um plano B
para fazer você acreditar em mim.
Eu sei, mudo de ideia com frequência.
Não tenho um manual de instrução
para me guiar, mas
sou julgada pelas expectativas alheias.
Hoje, eu li um livro.
Estava com alergia da poeira do aquecedor.
Agora, a página 111 também tem um pingo de mim.

Carregamos sobre os ossos
uma pele desprotegida contra o amor.
Nos arremessamos.
Nos arrebentamos.
Nos arrependemos.
Arrancamos feridas mal cicatrizadas da garganta.
Ecos e caos e poesia livres outra vez.
Emudecemos.
Endurecemos.
E ainda me perguntam:
Por que choras?

Tenho rebeldias mal resolvidas
Tenho frases repetidas que insistem
em me derrubar ladeira abaixo.
Tenho medos mal curados.
Tenho feridas que nunca cicatrizam.
Tenho chocolate, café e pipoca.
Mas parece que nenhum dos três combina
com o jantar que não cozinho para você.
Tenho responsabilidades demais
para quem só queria ser livre.
Tenho que sair daqui sem você.

Acho que o beijo da boca
tinha gosto de inverno.
E aquela boca perdeu a língua.
Acho mais um par de sapatos velhos
escondidos num canto escuro do guarda-roupas.
Como falar a mesma língua
quando ninguém mais se escuta?
Acho que o beijo na boca
tinha gosto de inferno.

Já troquei meu coração por cinto de segurança.
Já troquei a minha paz de lado
porque tinha medo da sua guerra.
Já troquei os meus "eu te amo"
por "só quero ser sua amiga."
Já troquei de roupa para te distrair.
Já troquei de roupa para te atrair.
Já fui tantas vezes, mas sempre volto.
Não sei mais o que trocar para ver se
me dão você de barganha.
Mas você não é uma coisa que se troca.
E agora?

Nem tudo são flores.
Tudo bem, aceito.
Mas quando estou com você,
muitas das pedras em que já tropecei
se tornam paradas obrigatórias.
Ana, pause.
Ana, pense.
Ana, respire.
Ana, ame.
Lembro daquela vez em que parou o carro
no meio da rua para roubar
uma flor do canteiro pra mim.
Não lembro de tudo, mas sempre lembro de
você encantando e destruindo a minha vida.
Não lembro de tudo, mas sempre lembro das vezes
em que não te escolhi, em que destruí em você
a lembrança da flor do canteiro.

Lembre-se:
Fotos contam uma história.
Uma história é uma invenção.
Nem toda invenção dá certo.
Olha, tudo o que você experimenta
é um experimento.
Experimente.
Enfim,
não há um lugar seguro o suficiente
contra a vida.
Respire.
Não pire.

Ontem, domingo, dia 8 de janeiro de 2023,
eu vi de longe um país sucumbindo à cegueira.
Ontem, domingo,
o meu dia de descanso e distração
se tornou um pesadelo.
Ontem, a loucura coletiva provou que
é um vírus de alto contágio.
A sociedade.
A comunidade.
A irmandade.
A associação.
A entidade.
A malandragem.
A alucinação coletiva de um povo que não sabe para
onde vai, só sabe que vai atrás.
Só sabe ser maria-vai-com-as-outras.
Só sobe a rampa para viver a ilusão de ser alto.
Só sabe ser a cópia de um movimento
que também não é original.
Está tudo errado.
Não quero ir nem para a direita,
nem para a esquerda.
Quero seguir no meio do caminho que
une o desequilíbrio do mundo numa corda bamba.
Sabe, essa gente toda quebrou o meu coração.

Quando me apaixonei por você,
ninguém sabia o que estava acontecendo.
Eram 7 da manhã e nossos relógios
haviam parado por 10 horas.

Quando me apaixonei por você,
ninguém havia previsto a sua chegada.
Eram 9 da noite e o meu mundo
parou de girar por 1 segundo.

Quando me apaixonei por você,
ninguém acreditou que eu pudesse
sorrir ainda mais largo.
Eram 3 da manhã e pedi pra você
nunca mais se afastar.

Quando me apaixonei por você,
3, 4, 5 da manhã.
Tudo ficou pequeno
diante da magnitude da nossa potência.
Éramos o maior cometa
que a Terra já havia visto passar,
mas perdemos a órbita antes mesmo
de tocarmos o solo fértil.
Era cedo demais para tanto amor.
Era tarde demais para tanta paixão.

Éramos as pessoas certas,
mas nossos relógios estavam adiantados.

Quando me apaixonei por você,
eu não sabia que eu não daria conta.
Eu só sabia que amava,
e aquilo era o suficiente
para jogar toda a vida velha no lixo.
Mas tive medo.
Agora, falta você.
Agora, só penso em você.
Agora, vivo escorada sobre as suas lembranças
e olho para o mundo lá fora
como se tudo fosse apenas
propaganda barata de televisão a cabo.
Acabo sem você,
mesmo com você aqui dentro de mim.

Não me fale sobre a sua dor de amor.
Não me fale sobre os seus planos
de conquistar o mundo.
Fale-me sobre a cura da sua loucura.
Fale-me sobre tudo o que sonhou até aqui.
Fale-me sobre como foi construir pontes
e tudo o que aconteceu ao chegar do outro lado.

Eu canso em doses homeopáticas
e tento esquecer você gota a gota.
Mas a última gota d'água transborda
o copo cheio sobre nossos planos.
Tão planos que nos esquecemos dos relevos
e das curvas cotovelos.
Até elas sabem nomear as nossas dores.

Depois de você, toda espera é áspera.

Raspas e
Lascas e
Aspas e
Caspas
A dor não funciona sem o amor
Horas e
Rosas e
Casas e
Asas
A fé não funciona sem a ausência
Apostas e
Costas e
Amostras e
Respostas
O jogo não funciona sem a vítima

Virei para o lado e te vi me ver passar.
Olhei para o lado e você me viu te ver pelo olhar.
A hora certa não sabe nada sobre os minutos,
e te espero mesmo antes de você ter ido.
Achei que você havia chegado,
mas você é sempre partida.
Somos estação.
Já não importa quanto tempo passe
porque a gente sempre volta no verão.
Não sei como estou, mas sei que
você precisa ir e
eu preciso voltar.

Quem me dera ser feita de vento,
espiar os fios dos seus cabelos
pelas frestas da sua testa.
Quem me dera ser feita de amor,
curar a dor dos seus cabelos perdidos,
tentar sinalizar a paz.
Quem me dera ser bandeira branca,
pedir trégua contra essa guerra
que se trava com o tempo
entre tudo o que quero
entre tudo o que posso
entre tudo o que devo
entre tudo o que preciso
entre tudo o que temo
entre tudo o que arrisco.
Entre.
Veja o rabisco da vida nova
que a sua chegada desenhou.
Entre.
Veja quantas horas ainda leva
para eu organizar a bagunça da mudança.
Entre.
Veja que te amo e
me espere.

Como se gostar de alguém fosse fácil, gosto de você.
Como se gostar de alguém tivesse códigos
de tipagem sanguínea,
misturamos nosso sangue.
Quando você me toca,
a pulga atrás da sua orelha pula para trás da minha.
O que se esconde atrás do seu olhar?
É como se o buraco negro do meu universo
fossem os seus olhos.
E te amo de novo,
como nunca mais consegui amar ninguém.
E te quero de novo,
como nunca mais quis querer alguém.
E te esqueço de novo,
como se o melhor remédio fosse
o esquecimento que sempre vem.
E te tiro da minha vida como se fosse
um tiro na pele que não consigo cicatrizar.
Se todas as minhas cicatrizes pudessem falar,
sobre o que falariam?
Há marcas na minha pele impossíveis de esconder.
Engraçado, fingimos que tudo o que acontece
entre a gente nos repele.
Engraçado, esquecemos que ímãs
têm o poder de atrair.
Engraçado, esquecemos que ímãs
também têm o poder de repelir.
Nos atraímos.
Nos traímos.

Não precisamos de muita água para nos afogar.
Uma vez, um homem morreu porque pulou
numa poça d'água.
Ele tropeçou.
Ele riu.
Ele se machucou com um graveto
que estava tomando banho de sol na lama.
Ele morreu.
O homem, não o graveto.
Eu assisti tudo aquilo e
de repente, minha vida mudou.
Fiquei mais viva com a morte dele.
Agora, tenho mais consciência e
fico alerta aos buracos rasos.

Há uma teia de aranha sobre a minha cabeça.
Tudo o que ela quer é me tocar.
Tudo o que eu posso dar a ela é uma
morte rápida, talvez violenta.
Há uma rachadura sobre a minha cabeça.
Tudo o que ela quer é me libertar.
Tudo o que eu posso dar a ela é uma
volta pelo quarteirão perto da *Venice Boulevard*.
Há beleza por todos os lados.
Há luz forte lá fora das 7 da manhã até às 7 da tarde.

Todos os mundos que invento
dentro das minhas
quatro paredes alugadas em Los Angeles
ainda não existem para quem só olha de fora.
A minha vida privada, nem você vê.

Se todas as esquinas do mundo
se esbarrassem nas portas
encostadas que ainda procuram por você,
qual seria a probabilidade dos meus dedos
percorrerem os seus calos frescos?
Se qualquer buraco pode guardar nossos pedaços,
quantas tentativas seriam suficientes
para recomeçarmos inteiros?
Alguém explica como começar do zero
se eu mais você já somos dois?

Todas as vezes que viro para o lado
perco meia noite de sono pensando.
Eu só queria querer menos
todas essas coisas insanas que
mal cabem no meu mundo,
para ver se sobrava mais tempo
para fazer qualquer outra coisa.

Nunca me deixaram ser eu mesma.
Engraçado, nunca pediram minha permissão.
E eu deixei todo mundo me levar para
o lado que bem quisessem.
Engraçado, nunca disse não.
Por favor, deixem-me em paz.
Eu só tenho um pouco de frio.
E muito, muito cansaço.

Você é uma sina,
não um sinal.
Arruma a placa da esquina.
Pare em todos os lados,
mas eu entro mesmo assim.
Como uma rua de mão dupla,
você vai e vem evitando pedágios.
O seu sabor favorito é chocolate, mas
o seu bolo de aniversário é de morango.
Fiquei até agora pensando.
Agradar aos outros é raridade,
e isso você herdou do seu pai.
Sabe, heranças valem mais do que dinheiro.
Agora, vejo que nenhuma rua
é a preferencial,
e isso me ensina
que o meu gostar não é coisa banal.

Eu parei de tentar escolher,
queria ser colhida
como uma rosa
num canteiro de rua
da Avenida Getúlio Vargas.
E cuidada, e regada como se
a minha sobrevivência
garantisse a felicidade de alguém.
Queria ser brisa,
mas o mundo só me dá temporal,
daqueles que fecham o aeroporto
e me impedem de voltar.

Quando você decidir me amar,
vai ser tarde demais.
O mundo já vai ter batido
na sua garganta como liquidificador.
Não é chique amar,
mas você enrolado no meu pescoço é mágica.
Quando você decidir me amar,
a lua vai estar cheia,
mas eu estarei vazia.
O mundo vai bater à sua porta
e falar pra você das poesias que eram só suas.
Não é chique amar,
mas o choque de nossos fios enroscados
em postes elétricos faria até
a guerra dos homens cessar.
Não era contrato, era contato.
Era só amor cafona.

Talvez o amor seja apenas um fio lento.
Assim como um varal de roupas
penduradas nas janelas.
Talvez o amor seja apenas
uma sala de espera
para lugar nenhum.

Abra espaço.
Esprema seus pensamentos
entre as opiniões dos outros.
Da mesma forma que você
abre espaço para um estranho no ônibus.
Esprema seu amor entre as pernas.
Da mesma forma que você
o faz sangrar num banco vazio —
sempre o banco da terceira fileira.
De novo, sem o absorvente.

Gostaríamos de ser convidados para a festa.
Gostaríamos de ser amados.
Gostaríamos de ser lembrados.
Gostaríamos de ser
qualquer coisa que recebesse amor.

FOMO — *Fear of missing out.*

A permissão impermeável
de amizades interrompidas
entre ausências que
passaram despercebidas
pelas frestas de portas
esquecidas e meio abertas.
Nada é proposital na busca
por mais espaço.

Amizades interrompidas.
Fofocas vestidas de amor.
Insinuações estampadas nas caras
maquiadas com saudades temporárias.
Nem mesmo nossas ausências.
Nem mesmo nossas turbulências.
Nem mesmo o amor
para curar as minhas dúvidas de dezembro.

Há um dia desperdiçado no meu rosto.
Ele desliza macio,
passa pelos poros —
todos fechados,
mas se afoga no buraco das rugas
do meu poço.
Ele sorriu demais
O rosto
Ele amou demais
O gosto
Há vidas desperdiçadas
nos cemitérios do prolongamento da avenida
Afinal, todo morto é sozinho
no pensamento de quem sente saudade.

Eu quero que você pare
de curtir os *stories* do meu Insta.
Esqueça os corações,
os foguinhos,
e os meus fios de cabelo no seu paletó.
Hoje é 30 de dezembro,
vou voltar de madrugada,
e não quero o seu nome
próximo ao meu perfil.

— *Sertanejo Barroco.*

O primeiro amor não é estação.
Ele não volta uma vez ao ano.
O primeiro amor não é de verão.
Ele não fica só no calor da hora.
O primeiro amor não é religião.
Mas eu tive fé nele até o mês passado.
O amor é plantação.
E vida é colheita.
Tem o primeiro amor.
Tem o segundo amor.
Tem o terceiro amor.
Tem a primeira flor.
O primeiro amor,
foi a minha primeira dor.
E, apesar de tudo,
 eu ainda beijo você com humor.

Parece que a minha criança interior
dança ao te ver.
Parece que a minha ira se dissolve
quando você pega na minha mão.
Parece que o mundo para de girar
só pra te ver passar…
por mim.
Parece que você carrega no colo
a paz e o caos que eu preciso.
Parece que você também se perde
ao tentar contar estrelas.
Parece que você sempre aparece na hora errada
só pra ver se um dia acerta.
Parece que você me ama.
Parece que você gosta de fama.
Parece que você me chama pra sua cama,
enquanto eu durmo o sono dos justos.
Parece que você aparece em forma de prece.
E eu rezo por você como uma fiel
que precisa acreditar na fé.

Pastéis e moinhos de vento
cobrem a minha insensatez de poeira.
Sua ausência fria.
Minha presença passageira.
Nossa esperança maldita.

Marés e cabelos ao vento.
Minha ausência quente.
Sua presença enroscada no meu abraço.
Nossa esperança
e seu último suspiro.

Percorro os contornos irregulares do seu rosto
como se recodificasse o meu DNA.
Volto para você como uma adolescente volta
para o seu grande amor.

Inutilidade de um tesão de verão
que arrebenta minhas veias
à procura de mais orgasmos.
Você deixou em mim uma marca de amor.
E, por causa de você, todos os meus outros
amores deram errado.
Pastéis e moinhos de vento.

Fricção de perspectivas toscas,
e toda a minha agenda
é deletada do calendário
que eu construí sem você.
Fricção de perspectivas óbvias,
e toda a minha esperança morre
porque você é a hora exata que sempre quis.
Fricção de perspectivas noturnas,
e todos os meus dias se dissolvem
na sua boca ao perceber que
você também construiu calendários
sem o meu nome na agenda.
E agora, poesia?
Quem vai?
Quem vem?
Quem terá o nome marcado na agenda
que levarei comigo embaixo do braço?
Eu sei.

———————————————————

Você viu o grupo de desiludidos
que se espreguiça
pelas ruas da *Venice Boulevard?*
Vão de ponta a ponta —
de *downtown* até o mar.
Alongam seus braços
por tanto tempo cruzados.
Montam barracas.
Espalham o nosso lixo pelas ruas.
Assustam quem passa
sem prestar atenção.
Sinaleiras, semáforos,
lombadas, pare,
e agora corpos na calçada.

Queria armazenar o mundo
no meu cérebro,
mas num dia azul me disseram
que ele só cabe no peito.
No peito sinto dor,
então coloco ele no amor,
espero meia hora,
e o dou de presente ao
meu coração.

Às vezes o amor é
tanto que transborda
e nosso corpo
não dá conta.
Às vezes,
ele vai embora
mesmo sem querer.

Dirijo até a rua se perder de mim.
E, no fim dela,
finalmente encontro
o meu (re)começo.

Se todos os dias fossem brisa,
então você nunca saberia
sobre o medo das tempestades,
sobre o cobertor no rosto.
E sem esse contraste,
os dias bons nunca seriam
assim tão desejados.

Você tirou o meu tapete,
me deixou sem chão,
mas eu não estava pronta para voar.
Aladim, estou sem a lâmpada.
E nela eu guardava a minha lanterna.

Nosso amor era como
uma memória desbotada,
escondida embaixo
das camadas de tinta
de uma parede,
no final da avenida principal,
e eu me acostumei com aquela parede.

Deixa de vaidade.
Vai viver a vida, menina!
Seus dias estão contados,
só você não lembra
a data que vence
a sua validade.

Senta na varanda.
Toma o seu chá.
Aprecia as estrelas.
Eu sei,
a vida é curta,
mas você não precisa
ter tanta pressa.

Todos os dias,
você dá o melhor que pode.
Acalma o coração.
Nem tudo merece
ser confusão na sua cabeça.
Para de se sabotar.

Deixe o hábito de
amar o que está no passado
numa gaveta.
Esconda a chave.
Abra a porta, mas pule pela janela.
Dê o primeiro passo.
Faça um pedido
ao gênio da garrafa de vinho,
e voe.

Não perca seu tempo
com pessoas temporárias.
Elas nunca vêm para ficar.
Dê mais atenção
para quem fica,
mesmo que, neste caso,
seja você quem vai embora.

São 6 da manhã
e o mundo já acelerou tanto,
que nem passando horas
passando o dedo de baixo para cima,
consigo acompanhar o seu ritmo.
Tenho o mundo na ponta dos dedos,
mas só queria
um minuto de silêncio.
Dane-se (queria escrever "foda-se")
suas notícias e novidades
customizadas para me entreter,
para me distrair da vida
que realmente quero viver.

Todo mundo tem sagitário
no mapa, em alguma parte de si.
Fogo, água, terra e ar
se misturam em forma de intuição.
A vida é celebrada –
entusiasmo e diversão.
Quando o amor
entra em sagitário,
a alegria contagia,
e toda dor vira sabedoria,
ou rebeldia.

Quando me perdi,
foi ali que me encontrei.
Continuo me perdendo de tempos em tempos.
Às vezes, propositalmente.
Outras, sem nem perceber.
Mas me perco
só para me encontrar de novo.
Cada vez, conheço uma nova versão.
Nem melhor.
Nem pior.
Só nova.
Coisa boa se reinventar,
se perder, se (re)encontrar.
Precisamos perder mais o controle.
É divertido.
É doido, ou doído, você escolhe.
Mas se perca de vez em quando.
Afinal, se não existir outra vida,
você viveu esta?

— Escrito por Daiana Silvani

*quando o amor entra em aquário...

Sobre a Autora

Natural de Chapecó, Santa Catarina, Ana Silvani reside em Los Angeles desde 2006. Graduada em Letras – Português e Inglês –, possui especializações em Literatura & Ensino, e Estudos de Entretenimento. Escritora, roteirista e produtora de filmes independentes há mais de uma década, transita entre a literatura e o cinema com sensibilidade e propósito.

É autora do livro bilíngue de poesias *Half Love, Meta(de) Amor* e agora lança sua segunda obra, *Amor em Sagitário*. Silvani também é professora (mas está fora da sala de aula há alguns anos), é empresária e fundadora da editora *WeBook* e da produtora *WeCreate*, com as quais se dedica a fortalecer e amplificar as vozes latinas nas artes e na cultura.